REBELIÓN EN LA GRANJA

GEORGE ORWELL

REBELIÓN EN LA GRANJA

minotauro

Obra editada en colaboración con Editorial Planeta – España

Título original: *Animal Farm*

George Orwell

© 2021, Traducción: Juan Pascual Martínez Fernández

© 2021, Editorial Planeta, S. A. – Barcelona, España

Derechos reservados

© 2022, Editorial Planeta Mexicana, S.A. de C.V.
Bajo el sello editorial MINOTAURO M.R.
Avenida Presidente Masarik núm. 111,
Piso 2, Polanco V Sección, Miguel Hidalgo
C.P. 11560, Ciudad de México
www.planetadelibros.com.mx

Primera edición impresa en España: julio de 2021
ISBN: 978-84-450-1026-6

Primera edición en formato epub en México: enero de 2022
ISBN: 978-607-07-8248-0

Primera edición impresa en México: enero de 2022
ISBN: 978-607-07-8263-3

Impreso en los talleres de Litográfica Ingramex, S.A. de C.V.
Centeno núm. 162-1, colonia Granjas Esmeralda, Ciudad de México
Impreso en México –*Printed in Mexico*

CAPÍTULO 1

El señor Jones, el propietario de la granja Manor, había cerrado los gallineros por la noche, pero estaba demasiado borracho como para acordarse de cerrar las pequeñas ventanas. Cruzó el patio tambaleándose con el haz de luz de la linterna oscilando de lado a lado, se quitó las botas de una patada al llegar a la puerta de atrás, se sirvió un último vaso de cerveza del barril que había en la despensa, y consiguió llegar a la cama, donde la señora Jones ya llevaba un buen rato roncando.

En cuanto la luz del dormitorio se apagó, se produjo un gran revuelo en toda la granja. Ese día se había corrido la voz de que el viejo Mayor, el premiado cerdo de la raza Medio Blanco, había tenido un sueño muy extraño la noche anterior, y deseaba comunicárselo al resto de animales.

Todos habían acordado reunirse en el granero principal en cuanto el señor Jones se hubiera ido a dormir y ya no hubiera riesgo. El viejo Mayor, como lo llamaban todos, a pesar de que el nombre bajo el que había concursado en la exhibición fue Belleza de Willingdon, era tan respetado por los animales de la granja que todos ellos estaban dispuestos a perder una hora de sueño para poder escuchar lo que fuera que tuviera que decir.

En un extremo del granero, sobre una especie de plataforma elevada, el Mayor ya estaba instalado en su cama de paja, bajo un farol que colgaba de una viga. Tenía doce años y últimamente se había puesto bastante gordo, pero seguía siendo un cerdo de aspecto majestuoso, sabio y benévolo, a pesar de que nunca le habían cortado los colmillos. Los demás animales no tardaron en empezar a llegar e ir acomodándose poco a poco, cada cual a su manera. Primero llegaron los tres perros, Campanilla, Jessie y Mordisco, y luego los cerdos, que se acomodaron en la paja justo delante de la plataforma. Las gallinas se posaron en los alféizares de las ventanas, las palomas revolotearon hasta las vigas, las ovejas y las vacas se acostaron detrás de los cerdos y comenzaron a rumiar. Los dos caballos de tiro, Boxeador y Trébol, entraron juntos, caminando muy despacio y posando sus enormes cascos peludos con mucho cuidado de que no hubiera ningún animalito escondido entre la paja. Trébol era una yegua madura y robusta de aspecto maternal que nunca había recuperado su figura después de tener a su cuarto potro. Boxeador era una bestia enorme, de unos tres metros con sesenta de altura, y tan fuerte como dos caballos juntos. La mancha blanca que le surcaba el hocico le confería un aspecto algo estúpido y, de hecho, no era excesivamente inteligente, pero sí era respetado por todos por su entereza y su espectacular capacidad de trabajo. Después de los caballos llegó Muriel, la cabra blanca, y Benjamín, el burro. Benjamín era el animal más viejo de la granja y el de peor carácter. Rara vez hablaba, y cuando lo hacía solía ser para hacer algún comentario cargado de cinismo, como que Dios le había dado una cola para alejar a las moscas, pero que hubiera preferido no tener cola ni moscas. Era el único de todos los animales de la granja que nunca reía. Cuando le preguntaban por qué, contestaba que no encontraba ningún motivo para hacerlo. Sin embargo y, aunque no lo admitía abiertamente, sentía devoción por Boxeador. Los dos pasaban los domingos juntos en el pequeño prado que estaba más allá del huerto, pastando uno al lado del otro y sin hablarse.

Los dos caballos acababan de acostarse cuando una fila de patitos que habían perdido a su madre entraron en fila en el granero, graznando suavemente y vagando de un lado a otro para encontrar un lugar en el que no hubiera peligro de que los pisaran. Trébol hizo una especie de muro alrededor de ellos con su gran pata delantera, y los patitos se acurrucaron allí dentro para quedarse dormidos enseguida. En el último momento, Mollie, la tonta y bonita yegua blanca que jalaba el coche del señor Jones, entró con elegancia, masticando un terrón de azúcar. Se colocó delante y empezó a mover su blanca crin, buscando atraer la atención de los demás a las cintas rojas con las que le habían hecho trenzas. La última en llegar fue la gata, que, como de costumbre, se paseó buscando el lugar más cálido, para finalmente acomodarse apretada entre Boxeador y Trébol, lugar en el que pasó todo el discurso ronroneando, sin prestar atención a una sola palabra de lo que se decía.

Todos los animales ya estaban presentes, excepto Moisés el cuervo amaestrado, que dormía sobre un asiento de junco detrás de la puerta trasera. Cuando Mayor vio que todos se habían puesto cómodos y que estaban esperando atentamente, se aclaró la garganta y comenzó:

—Camaradas, ya han oído hablar del extraño sueño que tuve anoche. Pero de eso hablaré más adelante. Antes de nada, les tengo que decir otra cosa: yo no creo, camaradas, que vaya a estar con ustedes muchos meses más. Pero, antes de morir, siento que mi deber es transmitirles la sabiduría que he adquirido. He tenido una vida larga, con mucho tiempo para pensar mientras estaba solo en mi chiquero, y creo que puedo decir que entiendo la naturaleza de la vida en esta tierra tan bien como cualquier otro animal vivo. Sobre esto es sobre lo que quiero hablarles.

»Díganme, camaradas, ¿cuál es el sentido de esta vida nuestra? Afrontémoslo: nuestras vidas son miserables, laboriosas y cortas. Desde que nacemos, únicamente se nos da la cantidad de comida justa para mantenernos con vida, y los que estamos capacitados para trabajar estamos obligados a hacerlo hasta agotar el último átomo de nuestras fuerzas. En el mismo instante en que ya no somos de utilidad, nos sacrifican con horrible crueldad. Ningún animal en Inglaterra sabe qué es la felicidad o el ocio después de tener más de un año. Ningún animal en Inglaterra es libre. La vida de un animal es miseria y esclavitud: esa es la pura verdad.

»Pero ¿esto es simplemente parte del orden natural de las cosas? ¿Se debe a que esta tierra nuestra es tan pobre que no puede ofrecer una vida decente a aquellos que la habitan? No, camaradas, ¡mil veces no! El suelo de Inglaterra es fértil, su clima es bueno, es capaz de proporcionar alimento en abundancia a un número enormemente mayor de animales de los que ahora habitan en ella. Esta, nuestra granja, podría albergar a una docena de caballos, veinte vacas, cientos de ovejas, y todos ellos podrían vivir con una comodidad y una dignidad que actualmente serían casi imposibles de imaginar para nosotros. ¿Por qué entonces seguimos en estas condiciones miserables? Porque casi todo el producto de nuestro trabajo nos lo roban los seres humanos. Ahí, camaradas, está la respuesta a todos nuestros problemas. Se resume en una sola palabra: el hombre. El hombre es nuestro único auténtico enemigo. Si se elimina al hombre de este sistema, la causa fundamental del hambre y el exceso de trabajo quedará eliminada para siempre.

»El hombre es la única criatura que consume sin producir. No da leche, no pone huevos, es demasiado débil para jalar el arado, no puede correr lo suficientemente rápido para atrapar conejos. Sin embargo, es dueño y señor de todos los animales. Los pone a trabajar, les devuelve lo justo para que no se mueran de hambre, y se queda el resto. Nuestro trabajo cultiva la tierra, nuestro estiércol la fertiliza y, sin embargo, no hay ninguno de nosotros que posea algo más que su piel desnuda. Las vacas que veo ante mí, ¿cuántos miles de litros de leche han dado durante este último año? ¿Y qué ha pasado con esa leche, que se debería haber usado para criar terneros robustos? Cada gota ha ido a parar a las gargantas de nuestros enemigos. Y las gallinas, ¿cuántos huevos han puesto en este último año, y cuántos de esos huevos se convirtieron en pollitos? El resto ha ido al mercado para que Jones y sus hombres consigan dinero. Y tú, Trébol, ¿dónde están esos cuatro potros que pariste, que deberían haber sido el apoyo y el orgullo de tu vejez? Cada uno fue vendido al año de nacer: nunca volverás a ver a ninguno de ellos. A cambio de tus cuatro partos y todo el trabajo que has hecho en los campos, ¿qué has recibido, aparte de las raciones mínimas y tu establo?

»Y ni siquiera las miserables vidas que llevamos pueden alcanzar su duración natural. En cuanto a mí, no me quejo, porque soy uno de los afortunados. Tengo doce años y he tenido más de cuatrocientos hijos. Así es la vida natural de un cerdo. Pero ningún animal escapa al cruel cuchillo al final. Ustedes, lechones que tengo sentados frente a mí: cada uno de ustedes gritará con todas sus fuerzas en el matadero dentro de un año. A ese horror debemos llegar todos: vacas, cerdos, gallinas, ovejas. Todos. Incluso los caballos y los perros no tienen mejor destino. Tú, Boxeador, el mismo día que esos grandes músculos tuyos pierdan la fuerza, Jones te venderá al matancero, que te rebanará la garganta y te hervirá para servir de alimento a los sabuesos. En cuanto a los perros, cuando envejecen y se quedan sin dientes, Jones les ata un ladrillo al cuello y los ahoga en el estanque más cercano.

»¿No está claro entonces, camaradas, que todos los males de esta vida nuestra tienen su origen en la tiranía de los seres humanos? Solo hay que deshacerse del hombre, y todo el fruto de nuestro trabajo sería nuestro. Casi de la noche a la mañana podríamos ser ricos y libres. ¿Qué debemos hacer, entonces? Trabajar día y noche, en cuerpo y alma, para derrocar a la raza humana. Ese es mi mensaje para ustedes, camaradas: ¡Rebelión! No sé cuándo vendrá esa rebelión, puede ser en una semana o dentro de cien años, pero sé, con la misma seguridad que veo esta paja bajo mis patas, que tarde o temprano se hará justicia. Concéntrense en eso, camaradas, durante lo poco que les queda de vida. Y, sobre todo, transmitan este mensaje mío a los que vengan después de ustedes, para que las futuras generaciones continúen la lucha hasta que se alcance la victoria.

»Y recuerden, camaradas, que su propósito nunca debe flaquear. Ningún argumento debe desviarlos de su camino. Nunca escuchen cuando les digan que el hombre y los animales tienen un interés común, que la prosperidad de uno es la prosperidad de los otros. Todo eso es mentira. El hombre no sirve a los intereses de ninguna criatura excepto a los suyos propios. Y, entre nosotros, los animales, que haya una perfecta unidad, una perfecta camaradería en la lucha. Todos los hombres son nuestros enemigos. Todos los animales son camaradas.

En ese momento se produjo un tremendo alboroto. Mientras el Mayor hablaba, cuatro grandes ratas habían salido de sus agujeros y estaban sentadas sobre sus cuartos traseros, escuchándolo. Los perros las habían visto de repente, y las cuatro lograron salvarse con una rápida carrera hacia sus madrigueras. El Mayor levantó una pata para que se hiciera el silencio.

—Camaradas. Hay que aclarar un asunto: las criaturas

salvajes, como las ratas y los conejos, ¿son nuestros amigos o nuestros enemigos? Vamos a someterlo a votación. Propongo esta pregunta a la reunión: ¿las ratas son camaradas?

La votación se llevó a cabo de inmediato, y se acordó por una mayoría abrumadora que las ratas eran camaradas. Únicamente hubo cuatro votos en contra: los tres perros y la gata, que posteriormente se descubrió que había votado las dos opciones. El Mayor continuó:

—No tengo mucho más que decir. Simplemente repito: recuerden siempre su deber de enemistad hacia el hombre y todos sus comportamientos. Todo lo que camina sobre dos patas es un enemigo. Lo que camina sobre cuatro patas, o tiene alas, es un amigo. Y recuerden también que, al luchar contra el hombre, no debemos nunca llegar a parecernos a él. Incluso cuando ya lo hayamos vencido, no adopten sus vicios. Ningún animal debe vivir en una casa, ni dormir en una cama, ni vestirse, ni beber alcohol, ni fumar tabaco, ni tocar el dinero, ni dedicarse al comercio. Todos los hábitos del hombre son malos. Y, sobre todo, ningún animal debe tiranizar a su propia especie. Débiles o fuertes, inteligentes o simples, todos somos hermanos. Ningún animal debe matar a otro. Todos los animales son iguales.

»Y ahora, camaradas, les contaré mi sueño de anoche. No puedo describirles ese sueño. Fue un sueño de cómo será este mundo cuando haya desaparecido el hombre.

Pero me recordó algo que había olvidado hace tiempo. Hace muchos años, cuando era un lechón, mi madre y las otras cerdas solían cantar una vieja canción de la que solo conocían la melodía y las tres primeras palabras. Yo conocía esa canción de joven, pero hace tiempo que desapareció de mi cabeza. Anoche, sin embargo, volvió a mí en mi sueño. Es más, las palabras de la canción también volvieron. Palabras que, estoy seguro, fueron cantadas por los animales hace mucho tiempo y que se han perdido en la memoria durante generaciones. Ahora les cantaré esa canción, camaradas. Soy viejo y mi voz ya es ronca, pero cuando les haya enseñado la melodía, ustedes mismos podrán cantarla mejor. Se llama *Bestias de Inglaterra*.

El viejo Mayor se aclaró la garganta y comenzó a cantar. Como había dicho, su voz sonaba ronca, pero cantaba bastante bien, y era una melodía conmovedora, algo a medias entre *Clementine* y *La cucaracha*. La letra decía así:

Bestias de Inglaterra, bestias de Irlanda,
bestias de todo clima y país,
escuchen mis alegres nuevas
sobre un futuro tiempo feliz.

Tarde o temprano llegará la fecha
en que vencido sea el hombre tirano,
y el fértil suelo de Inglaterra
solo por las bestias será pisado.

Los aros caerán de nuestros hocicos,
y los arreos de nuestras espaldas,
bocados y espuelas se habrán oxidado,
y las crueles fustas no se oirán más.

Más riquezas de las imaginadas,
trigo y cebada, avena y heno,
del trébol, las habas y los betabeles,
de todo eso y más seremos dueños.

Los campos de Inglaterra brillarán,
sus aguas con más pureza manarán,
más suaves aún las brisas soplarán
en el día que llegue la libertad.

Por tal día nuestras fuerzas unamos,
y aunque muramos antes de verlo llegar
vacas y caballos, gansos y pavos,
todos debemos buscar la libertad.

Bestias de Inglaterra, bestias de Irlanda,
bestias de todo clima y país,
escuchen mis alegres nuevas
sobre un futuro tiempo feliz.

Entonar aquella canción hizo que los animales entrasen en un estado desenfrenado de entusiasmo. Casi antes de que el Mayor estuviera a punto de terminar, ya habían empezado ellos a cantarla por su lado. Incluso los más lentos habían captado la melodía y algunas de las palabras.

Los más listos, como los cerdos y los perros, se aprendieron toda la canción de memoria en pocos minutos. Y entonces, tras algunos intentos preliminares, toda la granja comenzó a cantar *Bestias de Inglaterra* en tremendo unísono. Las vacas la mugían, los perros la aullaban, las ovejas la balaban, los caballos la relinchaban, los patos la graznaban. Estaban tan deleitados con la canción que la cantaron cinco veces seguidas, y podrían haber seguido cantándola durante toda la noche de no haber sido interrumpidos.

Por desgracia, el alboroto despertó al señor Jones, que se levantó de la cama, convencido de que había un zorro merodeando fuera. Empuñó la escopeta, que siempre estaba en un rincón de su dormitorio, y disparó un cartucho del calibre 6 hacia la oscuridad. Los perdigones se incrustaron en la pared del granero y la reunión se disolvió inmediatamente. Cada uno huyó a su lugar de dormir correspondiente. Los pájaros revolotearon hasta sus perchas, los animales se acomodaron en la paja y al cabo de unos instantes todos en la granja dormían.

CAPÍTULO 2

Tres noches después, el viejo Mayor murió plácidamente mientras dormía. Su cuerpo fue enterrado al pie del huerto.

Esto ocurrió a principios de marzo. Durante los tres meses siguientes hubo mucha actividad secreta. El discurso del Mayor había dado a los animales más inteligentes de la granja una perspectiva completamente nueva de la vida. No sabían cuándo se produciría la rebelión que el Mayor había vaticinado, no tenían ningún motivo para pensar que sucedería mientras ellos vivieran, pero tenían claro que era su deber prepararse para ella. El trabajo de enseñar y organizar a los demás recayó de manera natural en los cerdos, que eran reconocidos generalmente como los más inteligentes de los animales. Entre los cerdos más destacados había dos jóvenes llamados Bola de Nieve y Napoleón, a los que el señor Jones estaba criando para venderlos. Napoleón era grande y de aspecto feroz, de Berkshire, el único animal de Berkshire de toda la granja. No era muy hablador, pero tenía fama de salirse siempre con la suya. Bola de Nieve, por su parte, era un cerdo más vivaz que Napoleón, más elocuente y con más inventiva, pero no se consideraba que tuviera la misma fuerza de carácter. Todos los demás cerdos machos de la granja eran animales de engorda. El más conocido de ellos era uno pequeño y rechoncho llamado Gritón; tenía las mejillas muy redondas, ojos brillantes, movimientos ágiles y una voz chillona. Era un orador brillante, y cuando discutía algún punto difícil tenía una forma de saltar de un lado a otro y de mover la cola que resultaba extrañamente convincente. Los otros animales decían que Gritón era capaz de convertir lo negro en blanco.

Estos tres habían transformado las enseñanzas del viejo Mayor en un sistema completo de pensamiento al que dieron el nombre de Animalismo. Varias noches a la semana, mientras el señor Jones dormía, celebraban reuniones secretas en el granero y exponían los principios del Animalismo a los demás. Al comienzo se encontraron con mucha estupidez y apatía. Algunos de los animales hablaban del deber de ser leales al señor Jones, al que llamaban amo, o hacían observaciones sencillas como esta: «El señor Jones

nos alimenta. Si se fuera, nos moriríamos de hambre».
Otros hacían preguntas como esta: «¿Por qué nos debería
importar lo que ocurra después de que hayamos muerto?»,
o: «Si esa rebelión va a tener lugar de todos modos, ¿qué
diferencia hay si trabajamos por ella o no?», y los cerdos
tuvieron grandes dificultades para hacerles ver que esto era
contrario al espíritu del Animalismo. Las preguntas más
estúpidas de todas fueron las formuladas por Mollie, la
yegua blanca. La primera pregunta que hizo a Bola de Nieve
fue:

—¿Seguirá habiendo azúcar después de la rebelión?

—No —repuso Bola de Nieve con firmeza—. Carece-
mos de medios para fabricar azúcar en esta granja. Además, tú no necesitas azúcar. Tendrás toda la avena y el
heno que quieras.

—¿Y se me permitirá seguir llevando cintas en la crin?
—quiso saber ella.

—Camarada, esas cintas a las que tienes tanta devoción
son un símbolo de la esclavitud. ¿No puedes entender que
la libertad vale más que las cintas?

Mollie asintió, pero no parecía muy convencida.

Los cerdos lo tuvieron aún más difícil para contrarrestar
las mentiras difundidas por Moisés, el cuervo domestica-
do. Moisés, que era la mascota especial del señor Jones, era
un espía y un mentiroso, pero también era un interlocu-
tor inteligente. Afirmaba conocer la existencia de un país

misterioso llamado Montaña de Caramelo, al que iban todos los animales cuando morían. Estaba situado en algún lugar del cielo, a poca distancia más allá de las nubes, decía. En la Montaña de Caramelo era domingo los siete días de la semana, el trébol crecía durante todo el año y el azúcar en terrones y el pastel de linaza brotaban en los setos. Los animales odiaban a Moisés porque contaba cuentos y no trabajaba, pero algunos de ellos creían en la Montaña de Caramelo, y los cerdos tuvieron que discutir mucho para convencerlos de que no existía tal lugar.

Sus más fieles discípulos eran los dos caballos de carga, Boxeador y Trébol. Estos dos tenían grandes dificultades para pensar en algo por sí mismos, pero en cuanto aceptaron a los cerdos como sus maestros, absorbían todo lo que les decían, y lo transmitían a los demás animales con argumentos simples. No dejaban de asistir a las reuniones secretas en el granero, y dirigían el canto de *Bestias de Inglaterra* con el que siempre terminaban las reuniones.

Ahora bien, resultó que la rebelión se logró mucho antes y con mucha más facilidad de lo que nadie había esperado. En años anteriores, el señor Jones, aunque había sido un amo duro, era un granjero capaz, pero últimamente estaba pasando por una mala racha. Se había desanimado mucho tras perder dinero en un pleito, y había empezado a beber más de lo que era conveniente para él. Se pasaba días enteros en su sillón Windsor en la cocina, leyendo los periódicos y bebiendo. De vez en cuando alimentaba a Moisés con trozos de pan empapados en cerveza. Sus empleados eran holgazanes y deshonestos, los campos estaban llenos de malas hierbas, los edificios necesitaban que los techaran, los setos estaban descuidados y los animales mal alimentados.

Llegó junio y el heno ya estaba casi listo para que lo segaran. La víspera de la fiesta de San Juan, que ese año caía en sábado, el señor Joncs fue a Willingdon y se emborrachó tanto en El León Rojo que no regresó hasta el mediodía del domingo. Los hombres habían ordeñado las vacas por la mañana temprano y luego habían salido a cazar conejos, sin molestarse en alimentar a los animales. Cuando el señor Jones regresó, se fue inmediatamente a dormir a la sala, con un ejemplar de *News of the World* tapándole la cara, de modo que, cuando llegó la noche, los animales seguían sin estar alimentados. No pudieron aguantar más. Una de las vacas rompió la puerta del cobertizo con su cuerno y todos los animales comenzaron a comer directamente de los contenedores. Fue justo entonces cuando el señor Jones se despertó. Al momento siguiente, él y sus cuatro hombres estaban en el almacén con látigos en las manos, propinando azotes en todas direcciones. Esto era mucho más de lo que los hambrientos animales podían soportar. De común acuerdo, aunque nada de aquello se había planeado de antemano, se lanzaron sobre sus torturadores. Jones y sus hombres se encontraron de repente con que los golpeaban y los pateaban por todas partes. La situación estaba fuera de su control. Nunca habían visto a los animales comportarse así, y aquel repentino levantamiento de criaturas a las que estaban acostumbrados a golpear y maltratar a su antojo les hizo sentir un miedo atroz. Al cabo de unos instantes, renunciaron a defenderse y salieron corriendo despavoridos. Los cinco huyeron por el camino de grava que conducía a la carretera principal, con los animales persiguiéndolos triunfantes.

La señora Jones se asomó a la ventana del dormitorio, vio lo que estaba ocurriendo, se apresuró a meter unas cuantas pertenencias en una maleta y se escabulló de la granja por otro camino. Moisés saltó de su asiento y aleteó tras ella, graznando con fuerza. Mientras tanto, los animales habían ahuyentado a Jones y a sus hombres persiguiéndolos hasta la carretera y cerraron la puerta de barrotes cuando salieron. Y así, casi antes de que supieran lo que estaba pasando, la rebelión se había llevado a cabo con éxito: Jones había sido expulsado y la granja les pertenecía.

Durante los primeros minutos los animales apenas podían creer en su buena suerte. Lo primero que hicieron fue galopar todos juntos a lo largo de los límites de la granja, como si quisieran asegurarse de que no había ningún humano escondido en alguna parte. Luego volvieron corriendo a los edificios de la granja para borrar los últimos rastros del reinado del terror de Jones. La puerta del cuarto de los arneses, situado al final de los establos, cayó abierta a golpes. Los bocados, las argollas, las cadenas de los perros y los afilados cuchillos con los que el señor Jones castraba a los cerdos y a los corderos fueron arrojados al pozo. Las riendas, los cabestros, las anteojeras y los degradantes morrales para la comida los lanzaron a la pila de basura que ardía en el patio. También los látigos. Todos los animales se regocijaron cuando vieron que los látigos ardían en llamas. Bola de Nieve también arrojó al fuego las cintas con las que trenzaban las crines y las colas de los caballos en los días de mercado.

—Las cintas deben considerarse ropa —declaró—, y esa es la marca del ser humano. Todos los animales deben estar desnudos.

Cuando Boxeador oyó aquello, tomó el pequeño sombrero de paja que usaba en verano para evitar que las moscas se le metieran en las orejas y lo arrojó al fuego con el resto de las cosas.

Los animales tardaron muy poco en destruir todo lo que les recordaba al señor Jones. Napoleón los condujo de nuevo al almacén y sirvió una ración doble de cereal para todos, con dos galletas para cada perro. Luego cantaron *Bestias de Inglaterra* de principio a fin siete veces seguidas,

25

para después acomodarse y dormir como jamás lo habían hecho.

Pero se despertaron al amanecer, como de costumbre, y recordando de repente los gloriosos acontecimientos, salieron corriendo todos juntos hacia los pastos. Un poco más allá del campo había un montículo que dejaba ver la mayor parte de la granja. Los animales se apresuraron a subir a la cima y miraron a su alrededor bajo la clara luz de la mañana. Sí, era suyo. ¡Todo lo que tenían a la vista les pertenecía! Bajo el éxtasis de aquella idea, retozaron una y otra vez, y dieron grandes saltos de emoción. Se revolcaron en el rocío, arrancaron bocados de la dulce hierba de verano, levantaron terrones de tierra negra y aspiraron su rico aroma. Luego hicieron un recorrido de inspección por toda la granja y observaron con admiración muda la tierra de labranza, el campo de heno, el huerto, el estanque, los setos. Era como si nunca hubieran visto aquello, y todavía les costaba creer que todo era suyo.

Luego volvieron en grupo a la granja y se detuvieron en silencio ante la puerta de la casa. También era suya, pero les daba miedo entrar. Sin embargo, después de un momento, Bola de Nieve y Napoleón abrieron la puerta con el lomo y los animales entraron de uno en uno, caminando con sumo cuidado de no estropear nada. Pasaron de puntitas de una habitación a otra, temiendo alzar la voz por encima de los susurros, y contemplando con algo parecido al asombro el increíble lujo, las camas con sus colchones de plumas, los espejos, el sofá de crin de caballo, la alfombra de Bruselas, la litografía de la reina Victoria sobre la repisa de la chimenea de la sala. Estaban bajando las escaleras cuando descubrieron que Mollie había desaparecido. Al volver, los otros descubrieron que se había quedado en el mejor dormitorio. Había tomado un trozo de cinta azul del tocador de la señora Jones y lo sostenía contra su hombro y se miraba en el espejo de una manera muy tonta. Los demás la reprendieron con dureza por su conducta, y salieron de allí. Sacaron algunos jamones que estaban colgados en la cocina para enterrarlos, y el barril de cerveza que había en la despensa cayó volcado y roto de una patada de Boxeador, pero por lo demás, no se tocó nada de la casa. Se aprobó una resolución unánime de que la casa debía conservarse como museo. Todos estuvieron de acuerdo en que ningún animal debía vivir allí.

Los animales desayunaron y luego Bola de Nieve y Napoleón los llamaron para que se volvieran a reunir.

—Camaradas —comenzó a decir Bola de Nieve—, son las seis y media y tenemos un largo día por delante. Hoy empezamos a recoger el heno. Pero hay otro asunto que debemos atender antes.

Fue entonces cuando los cerdos revelaron que durante los tres meses anteriores habían aprendido a leer y escribir con un viejo libro de ortografía que había pertenecido a los hijos del señor Jones y que ellos habían tirado en un montón de basura. Napoleón pidió botes de pintura blanca y negra y enfiló el camino hasta la gran puerta de cinco barrotes que daba a la carretera principal. Entonces, Bola de Nieve, que era quien mejor escribía, tomó una brocha entre los dedos de la pezuña y borró el rótulo que rezaba «GRANJA MANOR» en la barra superior de la verja, y en su lugar escribió «GRANJA ANIMAL». Aquel sería el nombre de la granja a partir de ese momento. Después de esto, volvieron a los edificios de la granja, y allí Bola de Nieve y Napoleón mandaron a buscar una escalera que hicieron colocar contra la pared trasera del granero grande. Los cerdos explicaron que, con lo que habían estado estudiando durante los últimos tres meses, habían logrado reducir los principios del Animalismo a Siete Mandamientos. Esos Siete Mandamientos iban a quedar registrados en la pared, y serían una ley inalterable que todos los animales de la Granja Animal debían cumplir siempre. Con cierta dificultad, pues no es fácil para un cerdo mantener el equilibrio en una escalera, Bola de Nieve subió y se puso a trabajar, con Gritón unos peldaños por debajo de él sosteniéndole el bote de pintura. Los mandamientos quedaron escritos en la pared impermeabilizada con grandes letras blancas que podían leerse a treinta metros de distancia. Decían así:

LOS SIETE MANDAMIENTOS

1. Todo lo que camine sobre dos patas es un enemigo.
2. Todo lo que camine sobre cuatro patas, o tenga alas, es un amigo.
3. Ningún animal llevará ropa.
4. Ningún animal dormirá en una cama.
5. Ningún animal beberá alcohol.
6. Ningún animal matará a otro animal.
7. Todos los animales son iguales.

Estaba muy bien escrito, y salvo que escribió «llevará» con «b», y que una «s» estaba al revés, todo lo demás tenía buena ortografía. Bola de Nieve lo leyó en voz alta para los otros. Todos los animales asintieron, y los más listos empezaron a aprenderse los mandamientos de memoria.

—Ahora, camaradas… —gritó Bola de Nieve, arrojando la brocha a un lado—… ¡al campo de heno! Hagamos una cuestión de honor el que seamos capaces de segarlo en menos tiempo de lo que Jones y sus hombres tardaban.

Pero en ese momento, las tres vacas, que parecían inquietas desde hacía unos minutos, emitieron un fuerte mugido. No las habían ordeñado desde hacía veinticuatro horas y tenían las ubres a punto de reventar. Tras pensarlo un poco, los cerdos mandaron a buscar cubetas y ordeñaron las vacas con bastante éxito, ya que sus pezuñas estaban bien adaptadas para desempeñar esa tarea. Pronto hubo cinco cubetas de leche cremosa y espumosa que muchos de los animales miraron con gran interés.

—¿Qué va a pasar con toda esa leche? —dijo alguien.

—Jones a veces echaba un poco en nuestro salvado —contestó una de las gallinas.

—¡No se preocupen por la leche, camaradas! —gritó Napoleón, colocándose frente a las cubetas—. Ya nos ocuparemos de eso. La cosecha es más importante. El camarada Bola de Nieve se encargará de ello. Yo los acompañaré luego. ¡Adelante, camaradas! El heno está esperando.

Así pues, los animales bajaron obedientes al campo de heno para comenzar la siega, y cuando volvieron por la tarde, se dieron cuenta de que la leche había desaparecido.

CAPÍTULO 3

¡Cuánto trabajaron y sudaron para segar el heno! Pero sus esfuerzos fueron recompensados, ya que la cosecha tuvo un éxito que superó sus expectativas.

A veces el trabajo era duro, porque los aperos estaban pensados para que los usaran seres humanos, no animales, y fue un gran inconveniente que ningún animal pudiera utilizar ninguna herramienta que implicara ponerse de pie sobre sus patas traseras. Pero los cerdos eran tan inteligentes que siempre se les ocurría una forma de resolver todas las dificultades. En cuanto a los caballos, conocían cada centímetro del campo y, de hecho, entendían las labores de segar y rastrillar mucho mejor que Jones y sus hombres. Los cerdos no trabajaron, en realidad, pero dirigieron y supervisaron a los demás. Con su conocimiento superior era natural que ellos asumieran el liderazgo. Boxeador y Trébol se enganchaban a la segadora o al rastrillo para caballos (en aquella época no se necesitaban riendas, por supuesto) y daban vueltas y vueltas por el campo con un cerdo detrás, que gritaba a sus espaldas: «¡Arre, camarada!» o «¡Atrás, camarada!», según hiciera falta. Y todos los animales, hasta los más humildes, trabajaron para recoger el heno y hacer pacas con él. Incluso los patos y las gallinas trabajaron de un lado a otro todo el día bajo el sol, llevando pequeños tallos de hierba en el pico. Al final, terminaron la cosecha dos días antes de lo que solían tardar Jones y sus hombres. Además, fue la mayor cosecha que la granja había visto nunca. No hubo desperdicio alguno: las gallinas y los patos, gracias a su agudeza visual, habían recogido hasta el último tallo. Y ningún animal de la granja había robado ni un solo bocado.

Durante todo aquel verano, el trabajo en la granja funcionó como un reloj. Los animales eran felices como nunca pensaron que pudieran serlo. Cada bocado de comida suponía para ellos un gran placer, ahora que era realmente su propia comida, producida por ellos y para ellos, en lugar de estar repartida por un amo tacaño. Sin los inútiles seres humanos parásitos había más comida para todos. También había más tiempo libre, algo a lo que los animales no estaban acostumbrados. Se encontraron con muchas dificultades inesperadas: por ejemplo, unos meses después, cuando cosecharon el cereal, tuvieron que pisarlo a la antigua usanza y aventar la paja con sus resoplidos, ya que la granja no disponía de trilladora. Pero los cerdos, con su inteligencia, y Boxeador, con sus tremendos músculos, siempre lo sacaban todo adelante. Todo el mundo admiraba a Boxeador. Había sido un gran trabajador incluso en la época de Jones, pero ahora parecía más tres caballos que uno: había días en los que todo el trabajo de la granja parecía recaer sobre sus poderosos hombros. Pasaba todo el día, desde que amanecía hasta que se hacía de noche, empujando y jalando, siempre en el lugar donde el trabajo era más duro. Había llegado a un acuerdo con uno de los gallos para que lo llamara por las mañanas media hora antes que a los demás, y hacía tareas voluntarias en lo que le pareciera más necesario, antes de que comenzara la jornada normal de trabajo. Su respuesta a cada problema, a cada dificultad, era: «¡Trabajaré más duro!», y había convertido esta frase en su lema personal.

Pero cada uno trabajaba según su capacidad. Las gallinas y los patos, por ejemplo, consiguieron recoger unas cinco fanegas más de cereal en la cosecha al recuperar los granos sueltos que se habían ido cayendo. Nadie robaba, nadie refunfuñaba por las raciones; las peleas, los mordiscos y los celos que fueron algo habitual en los viejos tiempos casi habían desaparecido del todo. Nadie holgazanea-

33

ba, o casi nadie. Era verdad que a Mollie le costaba madrugar, y tenía la costumbre de abandonar el trabajo antes de tiempo, con la excusa de que tenía una piedra en la pezuña. Y el comportamiento de la gata era peculiar. No tardaron en darse cuenta de que, cuando había que trabajar, la gata desaparecía durante horas, para volver a aparecer a la hora de comer, o por la noche, después de que la jornada de trabajo hubiese terminado, como si nada hubiera sucedido. Pero siempre daba excusas tan excelentes y ronroneaba de manera tan afectuosa que era imposible no creer en sus buenas intenciones. El viejo Benjamín, el burro, parecía no haber cambiado nada desde la rebelión. Hacía su trabajo de la misma manera lenta y obstinada que lo había realizado en tiempos de Jones, sin holgazanear nunca y sin ofrecerse tampoco para el trabajo extra. Sobre la rebelión y sus resultados no había querido expresar ninguna opinión. Cuando se le preguntaba si no era más feliz en ese momento, cuando Jones ya se había ido, se limitaba a contestar:

—Los burros viven mucho tiempo. Ninguno de ustedes ha visto nunca un burro muerto. —Y los demás tenían que conformarse con esta respuesta críptica.

Los domingos no se trabajaba. El desayuno se tomaba una hora más tarde de lo habitual, y después del desayuno tenía lugar una ceremonia que se celebraba todas las semanas sin falta. Primero se izaba la bandera. Bola de Nieve había encontrado en el cuarto de los arneses un viejo mantel verde de la señora Jones y había pintado en él una pezuña y un cuerno con pintura blanca. La bandera se izaba en el mástil del jardín de la granja todos los domingos por la mañana. Según les explicó Bola de Nieve, la bandera era verde para representar los campos verdes de Inglaterra, mientras que la pezuña y el cuerno significaban la futura República de los Animales, que surgiría cuando la raza humana fuera finalmente derrocada. Después de izar la bandera, todos los animales entraban en el granero para una asamblea general que se conocía como «la reunión». Era ahí donde se planificaba el trabajo de la semana siguiente, y se presentaban las propuestas que luego se debatían. Siempre eran los cerdos los que proponían las resoluciones. Los otros animales entendían cómo votar, pero nunca se les ocurría ninguna resolución propia. Bola de Nieve y Napoleón eran, por mucho, los más activos en los debates. Pero todos se dieron cuenta de que estos dos nunca estaban de acuerdo: fuera cual fuera la resolución propuesta por uno de los dos, el otro siempre se oponía a la misma. Incluso cuando se decidió reservar el pequeño prado situado detrás del huerto como un lugar de descanso para los animales que ya habían dejado de trabajar, algo a lo que nadie tenía nada que objetar, se produjo un tremendo debate sobre la edad correcta de jubilación para cada clase de animal. La reunión siempre terminaba con el canto de

Bestias de Inglaterra, y la tarde se dejaba libre para el esparcimiento.

Los cerdos habían reservado el cuarto de los arneses como cuartel general para ellos. Allí, por las noches, estudiaban herrería, carpintería y otras artes necesarias que aprendían en los libros que habían sacado de la granja. Bola de Nieve también se ocupaba de organizar a los demás animales en lo que él llamaba Comités de Animales. Era incansable en eso. Formó el Comité de Producción de Huevos para las gallinas, la Liga de Colas Limpias para las vacas, el Comité de Reeducación de los Camaradas Salvajes, cuyo objetivo era domesticar a las ratas y los conejos, el Movimiento por una Lana Más Blanca para las ovejas, y algunos más, además de impartir clases de lectura y escritura. En general, todos esos proyectos fueron un fracaso. El intento de domesticar a las criaturas salvajes, por ejemplo, fracasó casi de inmediato. Se comportaban como antes, y cuando se les trataba con generosidad, simplemente se aprovechaban de ella. La gata se unió al Comité de Reeducación y estuvo muy activa en él durante algún tiempo. Un día se le vio sentada en un tejado hablando con unos gorriones que estaban fuera de su alcance. Les decía que todos los animales eran ahora camaradas y que cualquier gorrión que quisiera podía ir a posarse en su pata, pero los gorriones mantuvieron la distancia.

Sin embargo, las clases de lectura y escritura fueron un gran éxito. En otoño, casi todos los animales de la granja estaban alfabetizados en mayor o menor grado.

En cuanto a los cerdos, ya sabían leer y escribir perfectamente. Los perros aprendieron a leer bastante bien, pero no les interesaba leer otra cosa que no fueran los Siete Mandamientos. Muriel, la cabra, podía leer algo mejor que los perros, y a veces les leía a los demás por las tardes los trozos de periódico que encontraba en el montón de basura. Benjamín sabía leer tan bien como cualquier cerdo, pero nunca ejerció esa capacidad. Por lo que a él se refería, decía, no había nada que valiera la pena leer. Trébol se aprendió todo el alfabeto, pero no era capaz de juntar palabras. Boxeador no podía pasar de la letra «d». Trazaba «a, b, c, d» en el polvo con su gran pezuña, para luego quedarse mirando las letras con las orejas hacia atrás, agitando a veces la crin, tratando con todas sus fuerzas de recordar lo que venía a continuación, sin conseguirlo. En varias ocasiones logró aprender la «e», la «f», la «g» y la «h», pero para cuando se sabía estas, ya no se acordaba de «a», «b», «c» y «d». Finalmente decidió contentarse con las cuatro primeras letras, y solía escribirlas una o dos veces al día para refrescar la memoria. Mollie se negaba a aprender otra cosa que no fueran únicamente las seis letras que deletreaban su propio nombre. Las formaba muy bien con trozos de ramita y las decoraba con una o dos flores y se paseaba a su alrededor, admirándolas.

Ninguno de los otros animales de la granja podía pasar de la «a». También se descubrió que los animales más estúpidos, como las ovejas, las gallinas y los patos, eran incapaces de aprender los Siete Mandamientos de memoria. Después de pensarlo mucho, Bola de Nieve declaró que los Siete Mandamientos podían reducirse de forma efectiva a una sola máxima: «Cuatro patas bueno, dos patas malo». Esto, dijo, contenía el principio esencial del Animalismo. Quien lo hubiera asimilado estaría a salvo de las influencias humanas. Los pájaros se opusieron al principio, ya que les parecía que ellos también tenían dos patas, pero Bola de Nieve les demostró que no era así.

—El ala de un pájaro, camaradas es un órgano de propulsión y no de manipulación —les explicó—. Por lo tanto, debe considerarse como pata. La marca distintiva del hombre es la mano, el instrumento con el que comete todas sus maldades.

Los pájaros no entendieron las complejas palabras de Bola de Nieve, pero aceptaron su explicación, y los animales más humildes se esforzaron para aprender de memoria la nueva máxima. El lema «Cuatro patas bueno, dos patas malo» quedó pintado en la pared trasera del granero, por encima de los Siete Mandamientos y en letras más grandes. Cuando lo aprendieron de memoria, las ovejas desarrollaron una gran afición por esta máxima y, a menudo, cuando estaban en el campo, balaban «¡Cuatro patas bueno, dos patas malo!», y lo repetían durante horas y horas, sin cansarse.

Napoleón no se interesó por los comités de Bola de Nieve. Decía que la educación de los jóvenes era más importante que cualquier cosa que pudiera hacerse por los que ya habían crecido. Dio la casualidad de que Jessie y Campanilla habían parido poco después de la cosecha de heno, dando a luz entre las dos a nueve robustos cachorros. Tan pronto como fueron destetados, Napoleón los apartó de sus madres, diciendo que se haría responsable de su educación. Los llevó a un desván al que solo se podía acceder por una escalera desde el cuarto de los arneses, y allí los mantuvo en un aislamiento tal que el resto de los animales de la granja tardaron poco en olvidarse de su existencia.

El misterio de adónde iba la leche se aclaró pronto: se mezclaba todos los días en la comida de los cerdos. Las primeras manzanas estaban empezando a madurar, y la hierba del huerto estaba repleta de frutos caídos. Los animales habían asumido como algo natural que se repartirían a partes iguales, pero un día se dio la orden de que se recogieran todos los frutos caídos en la hierba y se llevaran al cuarto de los arneses para uso de los cerdos. Ante aquello, algunos de los otros animales murmuraron su disconformidad, pero fue inútil. Todos los cerdos estaban de acuerdo, incluso Bola de Nieve y Napoleón. Mandaron a Gritón para que les diera las explicaciones necesarias a los demás.

—¡Camaradas! Espero que no piensen que nosotros, los cerdos, hacemos esto con un espíritu de egoísmo y privilegio. A muchos de nosotros nos disgustan la leche y las manzanas. A mí mismo me desagradan. Nuestro único propósito al tomarnos estas cosas es preservar nuestra salud. La leche y las manzanas contienen sustancias absolutamente necesarias para el bienestar de un cerdo. ¡Esto ha quedado demostrado por la ciencia, camaradas! Los cerdos trabajamos con el cerebro. Toda la gestión y organización de esta granja dependen de nosotros. Día y noche velamos por su bienestar. Es por su bien que bebemos esa leche y comemos esas manzanas. ¿Saben lo que pasaría si nosotros, los cerdos, faltáramos a nuestro deber? ¡Jones volvería! Sí, ¡Jones volvería! ¡Y estoy seguro, camaradas —chilló Gritón de forma casi suplicante mientras corría de un lado a otro moviendo la cola—, estoy seguro de que no hay nadie entre ustedes que quiera ver volver a Jones!

Si había una cosa de la que los animales estaban completamente seguros era que no querían que Jones volviera. Cuando se les planteó así, no tuvieron nada más que decir. La importancia de mantener a los cerdos en buena salud era demasiado obvia. Así que se acordó que la leche y las manzanas caídas, así como la cosecha principal de manzanas cuando maduraran, debían reservarse solo para los cerdos.

CAPÍTULO 4

Para finales de verano, la noticia de lo que había ocurrido en la Granja Animal se había extendido por la mitad del condado. Todos los días, Bola de Nieve y Napoleón enviaban bandadas de palomas con la orden de entremezclarse con los animales de las granjas vecinas, contarles la historia de la rebelión y enseñarles la canción *Bestias de Inglaterra*.

El señor Jones pasó casi todo ese tiempo sentado en el bar El León Rojo, en Willingdon, quejándose con cualquiera que quisiera escucharlo de la tremenda injusticia que había sufrido por culpa de una banda de animales inútiles que lo habían echado de su propiedad. Al principio, los demás granjeros le mostraron simpatía, aunque no le ofrecieron mucha ayuda. En su fuero interno, todos y cada uno se planteaban si no podrían aprovechar la desgracia del señor Jones en beneficio propio. Por suerte, no se llevaba bien con los dueños de las granjas colindantes con la Granja Animal. Una de ellas, llamada Foxwood, era grande, pero estaba anticuada y descuidada, con la arboleda demasiado crecida, las tierras de pastoreo agotadas y las vallas en unas condiciones vergonzosas. Su dueño, el señor Pilkington, era un granjero aficionado y de buen trato que pasaba la mayor parte del tiempo pescando o cazando, según la temporada. La otra granja, que se llamaba Pinchfield, era más pequeña y estaba en mejores condiciones. Su dueño, el señor Frederick, un hombre duro, inteligente, siempre envuelto en juicios, tenía fama de duro negociador. Los dos se detestaban tanto que era difícil que llegaran a ningún acuerdo, incluso aunque fuera en defensa de sus propios intereses.

Sin embargo, los dos estaban bastante atemorizados por la rebelión en la Granja Animal y muy ansiosos por evitar que sus propios animales se enteraran de lo ocurrido. Al principio fingieron sentirse divertidos para menoscabar la idea de que unos animales fueran capaces de arreglárselas por sí mismos en una granja. Pensaban que todo acabaría en un par de semanas. Se dedicaron a decir que los animales de la granja Manor (insistían en llamarla la granja Manor, no consentían llamarla la Granja Animal) no paraban de pelearse entre ellos y que también se estaban muriendo rápidamente de hambre. Cuando pasó el tiempo y se pudo comprobar que los animales no se habían muerto de hambre, Frederick y Pilkington cambiaron de parecer y empezaron a hablar de la terrible crueldad que tenía lugar en la Granja Animal. Difundieron el rumor de que allí los animales practicaban el canibalismo, se torturaban unos a otros con herraduras calentadas al rojo vivo y compartían las hembras. Frederick y Pilkington declararon que todo eso pasaba por actuar contra las leyes de la naturaleza.

Sin embargo, nadie creía del todo aquellas afirmaciones. Los rumores sobre una granja maravillosa, de la que habían expulsado a los humanos y donde los animales gestionaban sus propios asuntos, seguían circulando de vez en cuando y de manera muy tergiversada, y a lo largo de aquel año tuvo lugar una serie de actos de rebeldía por el campo. Los toros, que siempre habían sido dóciles, se volvieron salvajes de repente, las ovejas echaban abajo las vallas para comerse los tréboles, las vacas volcaban a patadas los baldes de ordeño, los caballos se negaban a saltar las vallas y tiraban a los jinetes al otro lado, y, sobre todo, la música y la letra de *Bestias de Inglaterra* ya se conocía por todas partes. Se había propagado a una velocidad asombrosa. Los humanos, aunque fingían que les parecía que era simplemente ridícula, no podían aguantar la rabia cuando la oían. Decían que eran incapaces de comprender cómo los animales podían cantar aquella estupidez despreciable.

A cualquier animal al que se sorprendiera cantando la canción se le azotaba en el acto. Sin embargo, resultó imposible reprimir su difusión. Los mirlos la cantaban posados en los setos, las palomas la arrullaban en los olmos, resonó incluso en el estrépito de las herrerías y en el tañido de las campanas de la iglesia. Y cuando los seres humanos la oían se estremecían en su fuero interno, porque para ellos sonaba como la profecía de una sentencia futura.

A principios de octubre, cuando ya habían segado y almacenado el cereal y trillado una parte, una bandada de palomas llegó volando presurosa y se posó en el patio de la Granja Animal con gran alboroto. Jones, todos sus peones y otra media docena procedentes de Foxwood y Pinchfield habían cruzado el gran portón de cinco rejas y subían por el sendero para carros que llevaba a la granja. Todos llevaban palos menos Jones, que iba a la cabeza con un arma de fuego en las manos. Estaba claro que estaban dispuestos a intentar recuperar la granja.

Hacía tiempo que se lo esperaban y estaban preparados. Bola de Nieve, que había estudiado un viejo libro de las campañas de Julio César que había encontrado en la casa de la granja, estaba al mando de las operaciones de defensa. Dio órdenes con celeridad y, en un par de minutos, todos los animales estaban en sus puestos.

Bola de Nieve lanzó su primer ataque mientras los humanos se acercaban a los edificios de la granja. Todas las palomas, treinta y cinco en total, volaron de aquí para allá sobre las cabezas de los humanos y dejaron caer sus deposiciones sobre ellos, y mientras los hombres hacían frente a aquello, los gansos, que se habían mantenido escondidos tras el seto, salieron corriendo a picotearles ferozmente las pantorrillas. Sin embargo, aquello no era más que una escaramuza, planeada para crear un poco de confusión, y los hombres consiguieron deshacerse de los gansos con sus palos. En ese momento, Bola de Nieve lanzó su segunda línea de ataque. Muriel, Benjamín y todas las ovejas con Bola de Nieve a la cabeza se arrojaron contra los hombres y los empujaron y golpearon por todos lados mientras Benjamín los pateaba con sus pequeñas pezuñas. Pero una vez más, los hombres, con sus palos y sus botas de suelas de clavos, fueron demasiado fuertes para ellos. Y entonces, al oír un chillido de Bola de Nieve, que era la señal para la retirada, todos los animales se dieron la vuelta y escaparon por la puerta que daba al patio.

Los hombres lanzaron un grito de triunfo. Vieron, tal y como se esperaban, a sus enemigos huyendo en desbandada, y se apresuraron a perseguirlos a la carrera de un modo desorganizado. Aquello era lo que Bola de Nieve había planeado. En cuanto se adentraron lo suficiente en el patio, tres caballos, tres vacas y el resto de los cerdos que habían estado esperando emboscados en el establo salieron de repente por la retaguardia del enemigo cortándoles el paso. Bola de Nieve dio la señal de ataque. Él mismo se lanzó contra Jones. El granjero lo vio venir, levantó la escopeta y abrió fuego. Los perdigones abrieron unos surcos sangrantes en el lomo de Bola de Nieve y una oveja cayó muerta. Sin detenerse ni un segundo, Bola de Nieve estampó sus noventa y cinco kilos contra las piernas de Jones, quien salió disparado sobre un montón de estiércol y su escopeta voló por los aires. Sin embargo, el espectáculo más aterrador fue el de Boxeador, que se alzó sobre las patas traseras y atacó con las herraduras de sus grandes cascos como si fuera un semental. Su primer golpe se lo llevó en el cráneo un mozo de cuadra de Foxwood, que cayó en el lodo sin vida. Al verlo, buena parte de los hombres soltaron los palos e intentaron salir corriendo. El pánico se apoderó de ellos, y un momento después todos los animales los perseguían a lo largo y ancho del patio. Los cornearon, patearon, mordieron y pisotearon. No quedó un animal en la granja que no se vengara de ellos a su manera. Incluso la gata, de repente, saltó del tejado al hombro de un vaquerizo y le clavó las garras en el cuello, lo que provocó que aullara de forma terrible. En un momento dado, cuando el camino a la entrada quedó despejado, los hombres se sintieron aliviados de poder salir corriendo del patio y huir hacia la carretera principal. Y así fue como, a los cinco minutos de empezar su invasión, ya estaban retirándose de forma vergonzosa por el mismo camino que habían venido, con una bandada de gansos pisándoles los talones y picándoles las pantorrillas por el camino.

Todos los hombres se habían marchado, menos uno. En el patio, Boxeador intentaba con una pata darle la vuelta al mozo de cuadra que estaba boca abajo en el lodo. El mozo no se movía.

—Está muerto —dijo Boxeador con tristeza—. No era mi intención hacerlo. Olvidé que llevaba herraduras metálicas. ¿Quién se va a creer que no lo he hecho a propósito?

—¡Déjate de sentimentalismos, camarada! —exclamó Bola de Nieve, al que las heridas todavía le chorreaban sangre—. La guerra es la guerra. El único humano bueno es el humano muerto.

—No quiero quitarle la vida a nadie, ni siquiera a los humanos —volvió a decir Boxeador, y los ojos se le llenaron de lágrimas.

—¿Dónde está Mollie? —gritó alguien.

Mollie había desaparecido. Por un momento cundió el pánico; temieron que los hombres le hubieran hecho daño de alguna manera, o incluso que se la hubieran llevado. Al final la encontraron en su lugar del establo con la cabeza enterrada en la paja del pesebre. Había huido en cuanto Jones disparó la escopeta. Y cuando los demás volvieron después de haber estado buscándola, se encontraron con que el mozo de cuadra, que solo estaba inconsciente, se había recuperado y se había largado.

Los animales se habían vuelto a agrupar con el mayor de los entusiasmos, todos contando en voz alta sus proezas en la batalla. Improvisaron una celebración de victoria en el momento. Izaron la bandera y cantaron *Bestias de Inglaterra* unas cuantas veces, después le dieron un entierro solemne a la oveja que había fallecido y plantaron un espino blanco en su tumba. Bola de Nieve pronunció un discurso junto a la tumba, haciendo hincapié en la necesidad de que los animales estuvieran dispuestos a morir por la Granja Animal si fuera necesario.

Los animales decidieron por unanimidad crear una condecoración militar: «Héroe animal de primera clase», que allí mismo les fue concedida a Bola de Nieve y a Boxeador. Era una medalla de latón (en realidad eran placas de latón decorativas para los arreos de los caballos que habían encontrado en el cuarto de los arneses), que llevarían puesta los domingos y los días festivos. También crearon «Héroe animal de segunda clase», que le fue concedida a la oveja muerta a título póstumo.

Hubo bastante discusión respecto a qué nombre ponerle a la batalla. Al final, la llamaron la Batalla de la Vaqueriza, ya que allí fue donde habían tendido la emboscada. Encontraron la escopeta del señor Jones en el lodo y sabían que había cartuchos en la casa. Decidieron colocar el arma al pie del mástil, como si fuera una pieza de artillería, y dispararla dos veces al año: una el 12 de octubre, el aniversario de la Batalla de la Vaqueriza, y otra el día de San Juan, el aniversario de la rebelión.

CAPÍTULO 5

Conforme el invierno se acercaba, Mollie daba más y más problemas. Llegaba tarde a trabajar todas las mañanas y se excusaba diciendo que se había quedado dormida, y se quejaba de sufrir unos misteriosos dolores, a pesar de que seguía teniendo buen apetito. A la más mínima excusa abandonaba corriendo el trabajo e iba al abrevadero, donde se quedaba mirando embobada su propio reflejo en el agua. Sin embargo, había rumores de que pasaba algo más grave. Un día, cuando Mollie entró con un trote alegre en el patio jugueteando con su cola y mordisqueando un tallo de paja que llevaba entre los dientes, Trébol se la llevó aparte.

—Mollie —le dijo—, tengo algo muy serio que hablar contigo. Esta mañana te vi mirando por encima de la valla que separa la Granja Animal de Foxwood. Uno de los hombres del señor Pilkington estaba justo al otro lado de la valla. Y aunque yo estaba bastante lejos estoy completamente segura de lo que vi: te estaba hablando y tú le dejabas acariciarte el hocico. ¿Qué significa eso, Mollie?

—¡No lo estaba haciendo! ¡Y yo tampoco! ¡No es verdad! —chilló Mollie mientras caracoleaba y pateaba el suelo.

—¡Mollie, mírame! Mírame a la cara. ¿Me das tu palabra de honor de que ese hombre no te estaba acariciando el hocico?

—¡No es verdad! —repitió Mollie, pero no fue capaz de mirarla a los ojos y, de repente, echó a correr al galope hacia el campo.

A Trébol se le ocurrió algo. Sin decirles nada a los otros, se dirigió al cubículo de Mollie en el establo y revolvió la paja con la pata. Escondidos bajo la paja había un pequeño montón de terrones de azúcar y varios manojos de lazos de distintos colores.

Mollie desapareció tres días más tarde. No tuvieron ni idea de dónde se encontraba durante varias semanas, y después las palomas informaron que la habían visto al otro lado de Willingdon. Estaba entre los varales de un elegante carruaje pintado de rojo y negro parado delante de la puerta de un pub. Un individuo gordo con el rostro rojizo, vestido con pantalones bombachos y polainas, que parecía el propietario del pub, le estaba acariciando el hocico y dándole azúcar. Le habían recortado la crin y lucía un lazo escarlata en el copete. Según las palomas, parecía que estaba disfrutando. Ninguno de los animales volvió a mencionar a Mollie jamás.

En enero llegó una terrible ola de frío. La tierra parecía hecha de hierro y no se podía hacer nada en el campo. Se celebraron muchas reuniones en el granero y los cerdos se entretenían planeando el trabajo de la siguiente temporada. Habían aceptado que los cerdos, que por mucho eran más inteligentes que el resto, debían encargarse de todas las cuestiones de política agrícola, aunque sus decisiones debían estar ratificadas por mayoría de votos. Semejante acuerdo habría funcionado bien si no hubiera sido por las disputas entre Bola de Nieve y Napoleón. Ambos estaban en desacuerdo en cada punto en el que se podía estar. Si uno de ellos sugería plantar una mayor extensión con cebada, era seguro que el otro exigiría una mayor extensión de avena; y si uno de ellos decía que uno de los campos era bueno para plantar coles, el otro afirmaba que no valía más que para cultivar tubérculos. Cada cual tenía sus propios seguidores y se produjeron violentos debates. En las reuniones, Bola de Nieve solía ganar por mayoría por sus excelentes discursos, pero Napoleón era mejor pidiendo votos de apoyo entre discurso y discurso. Tenía especial éxito con las ovejas. Últimamente las ovejas solían balar «Cuatro patas bueno, dos patas malo» sin venir a cuento, y eso solía interrumpir las reuniones. Algunos se dieron cuenta de que era más probable que lo hicieran en los momentos cruciales de los discursos de Bola de Nieve. Este había estudiado a fondo los números atrasados de *Granjero y ganadero* que había encontrado en la casa de la granja y tenía muchos planes innovadores y de mejoras. Hablaba con conocimiento de causa sobre el drenaje del campo, el forraje y la eliminación de los desechos básicos, e incluso había planeado un complejo sistema para que todos los animales depositaran su estiércol en el campo, en un sitio diferente cada día, para ahorrar el trabajo del transporte. Napoleón no proponía ningún plan, pero decía por lo bajo que los de Bola de Nieve no servirían para nada y parecía que estaba esperando su momento. Sin embargo, ninguna de sus disputas fue tan feroz como la que se produjo a cuenta del molino de viento.

En el gran pastizal, cerca de donde estaban los edificios de la granja, había una pequeña loma que era el punto más alto del lugar. Después de inspeccionar el terreno, Bola de Nieve señaló que era el sitio perfecto para instalar un molino de viento, que se podría usar para hacer funcionar un dinamo y abastecer a la granja de energía eléctrica. Con eso se podría poner luz en los establos y calefacción en invierno, y también se podría instalar una sierra circular, una trituradora de paja, una cortadora de betabel para forraje y una ordeñadora eléctrica. Los animales no habían oído hablar antes de nada de aquello (porque la granja era anticuada y tenía maquinaria rudimentaria), así que lo miraban asombrados mientras Bola de Nieve mostraba fotos de la fantástica maquinaria que haría el trabajo en su lugar mientras ellos pastaban en los campos o enriquecían sus mentes leyendo y conversando.

En solo unas semanas habían entendido del todo los planes para el molino de viento de Bola de Nieve. La información mecánica la tomaron en su mayoría de tres libros que habían pertenecido al señor Jones (*Mil cosas útiles que hacer en casa*, *Todo hombre es un albañil* y *Electricidad para principiantes*). Bola de Nieve usaba como estudio un cobertizo que en el pasado se había utilizado para las incubadoras y que tenía un suelo de madera liso, apropiado para dibujar encima. Se encerraba allí durante horas, con los libros abiertos y un trozo de gis sujeto entre los nudillos de su pezuña, que movía con rapidez de aquí para allá, dibujando línea tras línea, soltando pequeños gemidos de emoción. Con el tiempo, los planos se convirtieron en una complicada masa de manivelas y de ruedas dentadas que cubrían más de la mitad del suelo, lo que los otros animales hallaban incomprensible pero muy impresionante. Todos iban a ver los diseños de Bola de Nieve al menos una vez al día. Iban incluso las gallinas y los patos, y tenían sumo cuidado de no pisar los trazos hechos con gis. Solo Napoleón se mantenía alejado. Se había posicionado en contra del molino de viento desde el principio. Sin embargo, un día llegó de improviso a examinar los planos. Se movió despacio por el cobertizo, mirando cada detalle de los dibujos con mucha atención, incluso los olfateó una o dos veces y luego se detuvo mientras los miraba con el rabillo del ojo; de repente, levantó una pata, orinó sobre los planos y se marchó sin pronunciar una palabra.

Toda la granja estaba muy dividida con respecto al molino. Bola de Nieve no había negado que construirlo sería una tarea difícil. Tendrían que llevar piedras y subirlas a los muros, después tendrían que construir las aspas y más tarde necesitarían dinamos y cables (aunque Bola de Nieve no había especificado de qué manera los iban a conseguir). Sin embargo, defendía que todo podría estar hecho en un año. Después de eso, afirmó, se ahorrarían tanto trabajo que los animales solo tendrían que trabajar tres días a la semana. Por su parte, Napoleón insistía en que la necesidad más inmediata era incrementar la producción de comida, y si desperdiciaban el tiempo con el molino todos se morirían de hambre. Los animales se dividieron en dos grupos con diferentes lemas: «Vota a Bola de Nieve y la semana de tres días» y «Vota por Napoleón y un pesebre lleno». Benjamín era el único animal que no se había posicionado. Rechazaba creer que podría haber más comida o que el molino ahorraría esfuerzo. Decía que con molino o sin él la vida seguiría igual que siempre, es decir, mal.

Aparte de las discusiones sobre el molino, estaba la cuestión de la defensa de la granja. Sabían bien que, aunque habían derrotado a los humanos en la Batalla de la Vaqueriza, quizá volverían a intentar otra vez con más decisión cumplir su objetivo y devolverle la granja al señor Jones. Tenían muchos motivos para hacerlo, porque la noticia de su derrota se había extendido por todas partes y puesto a los animales de las granjas vecinas más intranquilos que nunca. Como de costumbre, Bola de Nieve y Napoleón no se ponían de acuerdo. Según Napoleón, lo que los animales tenían que hacer era conseguir armas de fuego y aprender a usarlas. Según Bola de Nieve, debían mandar muchas más palomas y conseguir que los animales se rebelaran en otras granjas. Uno argumentaba que si no se podían defender ellos mismos estaban destinados a que los conquistaran; el otro, que si había rebeliones por todas partes, no tendrían necesidad de defenderse de nadie. Los animales primero estaban con Napoleón, después con Bola de Nieve, y no podían decidir quién tenía la razón; siempre se posicionaban con el que estuviera hablando en ese momento.

Por fin llegó el día en que Bola de Nieve finalizó sus

planos. En la reunión del siguiente domingo, se iba a votar la cuestión de si empezar o no a trabajar en la construcción del molino de viento. Una vez que todos los animales estuvieron reunidos en el granero, Bola de Nieve se puso de pie y, aunque en ocasiones lo interrumpían los balidos de las ovejas, expuso sus razones de por qué defendía la construcción del molino de viento. Luego, Napoleón se levantó para contestarle. Dijo con mucha tranquilidad que el molino de viento era un sinsentido, aconsejó que nadie votara a favor y se sentó de inmediato; solo había hablado durante apenas treinta segundos y pareció mostrarse casi indiferente al efecto que había provocado. La reacción de Bola de Nieve fue ponerse en pie de un salto y, tras hacer callar a las ovejas que habían empezado a balar de nuevo, comenzó a soltar un fervoroso discurso en favor del molino de viento. Hasta ese momento, el apoyo de los animales había estado dividido a partes iguales entre ambos, pero en un instante, la elocuencia de Bola de Nieve se los había ganado. Pintó con oraciones brillantes un cuadro de lo que podría ser el futuro de la Granja Animal cuando el sórdido trabajo hubiera dejado de recaer sobre las espaldas de los animales. Su imaginación había llegado más allá de las trituradoras de paja y las cortadoras de nabos. Afirmó que la electricidad podría hacer funcionar trilladoras, arados, gradas, rodillos, cosechadoras y agavilladoras, además de proveer a cada establo de luz eléctrica, agua caliente y fría y calefacción. Al finalizar no quedó duda alguna de para qué lado se iba a inclinar la balanza del voto. Sin embargo, en ese momento Napoleón se levantó, miró a Bola de Nieve de reojo de manera muy particular y soltó un chillido agudo de un tipo que nadie le había oído antes.

En ese momento, sonaron unos terribles aullidos en el exterior, y nueve perros enormes con collares con picos entraron a la carrera en el granero. Fueron directamente hacia Bola de Nieve, quien se levantó de un salto justo a tiempo de escapar de sus fauces chasqueantes. En apenas un instante salió por la puerta y los perros lo persiguieron. Todos los animales se arremolinaron junto a la puerta para ver la persecución, demasiado asustados y asombrados como para pronunciar palabra. Bola de Nieve corría por el extenso pastizal que daba a la carretera. Corría tanto como un cerdo puede hacerlo, pero los perros le pisaban los talones. De repente, resbaló y dio la impresión de que los perros lo habían atrapado. Se levantó en un instante y empezó a correr más que nunca, pero los perros acortaban la distancia. Uno de ellos le soltó una dentellada en el rabo, pero Bola de Nieve lo movió justo a tiempo y se libró. Luego dio un acelerón más y, a tan solo unos centímetros de ser atrapado, se escurrió por un agujero en la valla y no se le volvió a ver.

Aterrorizados y en silencio, los animales volvieron a entrar lentamente en el granero. Los perros regresaron casi enseguida. Al principio nadie fue capaz de imaginarse de dónde habían salido aquellos monstruos, pero la duda no tardó en aclararse: eran los cachorros que Napoleón había separado de las madres y criado por su cuenta. Aunque no habían terminado de crecer, eran perros muy grandes y parecían tan feroces como los lobos. Se mantuvieron cerca de Napoleón. Todo el mundo se dio cuenta de que movían la cola por él de la misma manera que otros perros lo hacían por el señor Jones.

Napoleón, con los perros siguiéndolo de cerca, se subió a la zona elevada del suelo desde donde el Mayor había dado su discurso. Anunció que, desde aquel mismo momento, las reuniones de los domingos por la mañana se habían acabado. Declaró que no eran necesarias y que se trataba de una pérdida de tiempo. En el futuro, un comité de cerdos, presidido por él mismo, contestaría a todas las cuestiones referentes al trabajo de la granja. Ese comité se reuniría en privado y después comunicarían su decisión al resto. Los animales se seguirían congregando los domingos por la mañana para saludar a la bandera, cantar *Bestias de Inglaterra* y recibir las órdenes correspondientes de la semana, pero ya no habría más debates.

A pesar de la conmoción que la expulsión de Bola de Nieve les había producido, los animales se sintieron consternados por el anuncio. Varios de ellos habrían protestado si hubieran encontrado los argumentos adecuados, incluso Boxeador estaba un tanto preocupado. Echó las orejas para atrás, sacudió la crin varias veces e intentó poner sus pensamientos en orden. Sin embargo, al final no se le ocurrió nada que decir. En cambio, algunos de los cerdos lo tenían más claro. Cuatro cerdos jóvenes de la primera fila soltaron gruñidos agudos de desaprobación y todos se pusieron de pie de un salto y empezaron a hablar a la vez. Sin embargo, los perros que estaban sentados alrededor de Napoleón soltaron sus ladridos amenazantes y profundos y los cerdos se callaron y se volvieron a sentar. Después, las ovejas lanzaron su balido de «¡Cuatro patas bueno, dos patas malo!», lo que duró casi un cuarto de hora y acabó con cualquier oportunidad de discusión.

Luego enviaron a Gritón a las distintas partes de la granja para que explicara la nueva organización al resto.

—¡Camaradas! —dijo—. Espero que todos los animales de aquí aprecien el sacrificio que el camarada Napoleón ha hecho al encargarse de esta tarea. ¡No piensen, camaradas, que el liderazgo son unas vacaciones! Todo lo contrario, es una gran y pesada responsabilidad. No hay nadie que crea más que el camarada Napoleón que todos los animales son iguales. Él estaría encantado dejando que tomaran sus propias decisiones, pero alguna vez se podrían equivocar, camaradas, y entonces, ¿qué sería de nosotros? ¿Y si hubieran decidido seguir a Bola de Nieve con esas tonterías del molino de viento? Bola de Nieve, del que ahora sabemos que era un criminal.

—Luchó heroicamente en la Batalla de la Vaqueriza —apuntó alguien.

—Ser valiente no es suficiente —replicó Gritón—. La lealtad y la obediencia son más importantes. Y en lo que se refiere a la Batalla de la Vaqueriza, creo que llegará el momento en el que nos enteraremos de que la hazaña de Bola de Nieve se exageró mucho. ¡Disciplina, camaradas, disciplina de hierro! Ese es el lema de hoy. Un paso en falso y nuestros enemigos se nos echarán encima. Seguramente, camaradas, no querrán que vuelva Jones, ¿verdad?

Una vez más, aquel argumento era irrebatible. Por supuesto que los animales no querían que volviera Jones; si tener reuniones los domingos por la mañana podía provocar que volviera, los debates tenían que acabarse. Boxeador, al que ya le había dado tiempo de pensar, le puso voz al sentimiento general diciendo:

—Si el camarada Napoleón lo dice, tiene que ser verdad.

Y de ahí en adelante hizo suya la frase de «Si Napoleón lo dice, tiene que ser verdad», junto con su lema propio de «Trabajaré más duro».

Para entonces, el tiempo había cambiado y las tareas de arado de la primavera habían empezado. Habían cerrado el cobertizo donde Bola de Nieve había dibujado los planos del molino de viento y se suponía que habían borrado del suelo los planos. Cada domingo por la mañana, a las diez en punto, los animales se congregaban en el granero para recibir las órdenes de la semana. Habían desenterrado del huerto la calavera del viejo Mayor, ya limpia de carne, y la habían colocado en un tocón al pie del mástil de la bandera, al lado de la escopeta. Después del izado de la bandera, a los animales se les solicitaba que desfilaran delante de la calavera de manera respetuosa antes de entrar en el granero. Ya no se sentaban todos juntos como hacían antes. Napoleón se sentaba en la parte delantera de la plataforma elevada con Gritón y otro cerdo llamado Mínimus que tenía un don extraordinario para componer canciones y poemas, y los nueve perros formaban un semicírculo a su alrededor, con los demás cerdos sentados detrás. El resto de los animales se sentaba frente a ellos en la parte central del granero. Napoleón leía las órdenes para la semana de forma dura, casi militar, y después de cantar el *Bestias de Inglaterra* una sola vez, todos los animales se dispersaban.

El tercer domingo después de que Bola de Nieve fuera expulsado, los animales se sorprendieron con la noticia que les dio Napoleón de que el molino de viento se iba a construir de todas maneras. No dio razones por haber cambiado de parecer, solo se limitó a advertir a los animales de que esa tarea conllevaría un trabajo muy duro, incluso era posible que se recortasen las raciones de comida. Sin embargo, los planos se habían preparado hasta el último detalle. Un comité especial de cerdos había estado trabajando en ellos a lo largo de las tres semanas anteriores. Calculaban que se tardarían dos años en construir el edificio del molino de viento, añadiendo ciertas mejoras.

Aquella noche, Gritón les explicó en privado a los demás animales que Napoleón nunca había estado en contra del molino de viento. Todo lo contrario, era él quien había abogado por construirlo en un principio y los planos que Bola de Nieve dibujó en el suelo del cobertizo de la incubadora los había robado de entre los papeles de Napoleón. El molino era, de hecho, una creación de Napoleón. Entonces, alguien preguntó que por qué se había mostrado tan en contra del plan. En el rostro de Gritón apareció una expresión taimada. Les explicó que aquello mostraba la astucia del camarada Napoleón. Había fingido que se oponía solo como una maniobra para librarse de Bola de Nieve, que era un personaje peligroso y una mala influencia. Ahora que se habían quitado a Bola de Nieve de encima, podían seguir con el plan sin que él interfiriera. Gritón dijo que aquello era algo llamado «estrategia». Lo repitió varias veces: «estrategia, camaradas, estrategia», mientras andaba a saltos y movía la cola con una alegre risa. Los animales no tenían claro lo que significaba la palabra, pero Gritón hablaba con tanta persuasión, y los tres perros que lo acompañaban gruñeron de manera tan amenazante, que aceptaron su explicación sin hacer más preguntas.

CAPÍTULO 6

Los animales trabajaron como esclavos a lo largo de todo
ese año, pero estaban contentos en el trabajo; no escatima-
ron en esfuerzos ni en sacrificios, muy conscientes de que
todo lo que hacían era para su propio beneficio y para el de
sus semejantes que vendrían en el futuro y no para un grupo de seres humanos holgazanes y ladrones.

Durante la primavera y el verano trabajaron semanas de
sesenta horas, y en agosto Napoleón anunció que trabajarían
los domingos por la tarde también. Este trabajo era mera-
mente voluntario, pero todo aquel animal que decidiese no ir
vería sus raciones reducidas a la mitad. Incluso se consideró
dejar algunas tareas sin hacer. La cosecha fue un poco menos
abundante que el año anterior y los dos campos donde deberían haberse sembrado betabeles a principios de verano no se

sembraron porque no se había completado a tiempo la tarea del arado. Era fácil prever que el siguiente invierno iba a ser duro.

La construcción del molino de viento presentó algunas dificultades. Había una buena cantera de roca caliza en la granja y habían encontrado suficiente arena y cemento en uno de los cobertizos exteriores, así que todos los materiales para la construcción estaban a mano, pero el problema que los animales no pudieron resolver en principio era cómo romper las rocas en un tamaño adecuado. No parecía haber forma de hacerlo que no fuera con picos y barretas, algo que ningún animal podía usar, porque ningún animal era capaz de mantenerse erguido sobre las dos patas traseras. Solo después de semanas de esfuerzos en vano a alguien se le ocurrió la brillante idea de utilizar la fuerza de la gravedad. Había rocas enormes, demasiado grandes para ser usadas con ese tamaño, por todo el fondo de la cantera. Los animales ataron cuerdas alrededor de ellas y todos juntos, vacas, caballos, ovejas y cualquier animal que pudiera conseguir un hueco (incluso los cerdos sumaban sus fuerzas en momentos críticos) las arrastraban cuesta arriba con una lentitud desesperante hasta la parte superior de la cantera, desde donde las tiraban por el borde para que se hicieran pedazos al chocar con el suelo. El transporte de las piedras una vez rotas era más sencillo en comparación. Los caballos las llevaban cargadas en carros, las ovejas las llevaban de una en una, incluso Muriel y Benjamín se pusieron a jalar un viejo coche de caballos pequeño e hicieron lo propio. Para finales de verano habían almacenado una cantidad suficiente de piedras y, entonces, empezaron a construir bajo la supervisión de los cerdos.

No obstante, fue un proceso lento y laborioso. La mayoría de las veces les llevaba todo un día de un esfuerzo agotador subir una simple roca a la parte alta de la cantera, y a veces, cuando chocaba contra el suelo, no se rompía. Nada se hubiera podido hacer sin Boxeador, que tenía tanta fuerza como el resto de los animales juntos. Cuando la roca resbalaba y empezaban a gritar de desesperación por verse arrastrados cuesta abajo, siempre era Boxeador el que tensaba la cuerda y la frenaba. Verlo esforzándose cuesta arriba centímetro a centímetro, con la respiración jadeante, con las puntas de los cascos clavándose el suelo y sus magníficos flancos cubiertos de sudor, los llenaba a todos de admiración. Trébol le decía algunas veces que no se fatigara en exceso, pero Boxeador no le hacía caso. Sus dos lemas «Trabajaré más duro» y «Napoleón siempre tiene la razón» le parecían respuesta suficiente a todos los problemas. Había acordado con el gallo más joven que lo despertase tres cuartos de hora más temprano por las mañanas en lugar de media hora antes. Y en sus momentos libres, de los que no gozaba muy a menudo ahora, se iba a la cantera,

71

recogía una carga de piedras rotas y las llevaba, sin ayuda de nadie, a la zona de construcción del molino de viento.

Los animales no vivieron mal durante ese verano, a pesar de las duras condiciones de trabajo. Si no tenían más comida de la que disponían con Jones, al menos no era una cantidad menor. La ventaja de solo tener que alimentarse ellos y no tener que mantener a cinco seres humanos despilfarradores era tan buena que hubieran tenido que ocurrir muchos fracasos para que no les compensara. Y en muchos sentidos, el método animal de hacer las cosas era más eficiente y ahorraba trabajo. Los trabajos de arrancar hierbas, por ejemplo, se podían realizar con una efectividad que era imposible para los humanos. Y, de nuevo, puesto que ningún animal robaba, no era necesario vallar el pastizal de la zona de arado, lo que ahorraba mucho trabajo en el mantenimiento de vallas, setos y puertas. Sin embargo, a medida que el verano avanzaba, se empezaron a notar algunas carencias no previstas. Necesitaban queroseno, clavos, cuerda, galletas para perros además de hierro para las herraduras de los caballos, nada de lo cual se producía en la granja. Más tarde necesitarían semillas, abonos artificiales y varias clases de herramientas, y, por último, maquinaria para el molino de viento. Nadie sabía cómo se iba a conseguir todo aquello.

Un domingo por la mañana, cuando los animales se reunieron para recibir órdenes, Napoleón anunció que había decidido comenzar una nueva política. A partir de ese momento, la Granja Animal empezaría a hacer negocios con las granjas vecinas: por supuesto, no con fines comerciales, sino simplemente para obtener ciertos materiales que eran necesarios y urgentes. Dijo que las necesidades del molino de viento debían estar por encima de todo. Así pues, ya estaba negociando la venta de una de las pilas de heno y de parte de la cosecha de trigo de ese mismo año, y más tarde, si se necesitaba más dinero, se tendría que sacar de la venta de huevos, para los que siempre había mercado en Willingdon. Napoleón dijo que las gallinas tendrían que sacrificarse como su contribución especial a la construcción del edificio del molino de viento.

Una vez más, los animales sintieron cierto desasosiego. Nunca hacer tratos con seres humanos, nunca hacer negocios, nunca hacer uso de dinero. ¿Acaso no estaba todo eso entre los propósitos acordados en aquella primera reunión triunfante después de que Jones fuera expulsado? Todos los animales recordaban haber aprobado estos propósitos, o por lo menos pensaban que se acordaban. Los cuatro cerdos jóvenes que habían protestado cuando Napoleón abolió las reuniones levantaron la voz de manera tímida, pero los tremendos ladridos de los perros los hicieron callar. Entonces, como de costumbre, las ovejas empezaron con su «¡Cuatro patas bueno, dos patas malo!» y se suavizó la incomodidad momentánea. Al final, Napoleón levantó la pata pidiendo silencio y anunció que los acuerdos ya estaban tomados. No era necesario que ningún animal entrase en contacto con ningún ser humano, lo que sería, claramente, demasiado repugnante. Pretendía cargar con toda la responsabilidad sobre sus hombros. Un tal señor Whymper, un abogado que vivía en Willingdon, había acordado actuar como mediador entre la Granja Animal y el mundo exterior y visitaría la granja todos los lunes por la mañana para recibir instrucciones. Napoleón acabó su discurso con el habitual grito de «¡Larga vida a la Granja Animal!» y, después de cantar el *Bestias de Inglaterra*, les indicó a los animales que debían retirarse.

Más tarde, Gritón se dio una vuelta por la granja y tranquilizó a los animales. Les aseguró que aquella declaración contraria a realizar tratos comerciales y al uso del dinero nunca se había aprobado, ni siquiera sugerido. Era pura imaginación, y probablemente se remontaba desde el principio a las mentiras difundidas por Bola de Nieve. Algunos animales seguían sintiendo algunas dudas, pero Gritón les preguntó de manera astuta:

—¿Están seguros de que esto no es algo que han soñado, camaradas? ¿Tienen algún registro del acuerdo? ¿Está escrito en algún sitio?

Y como era completamente verdad que no existía ninguna prueba por escrito, los animales aceptaron satisfechos que habían estado equivocados.

El señor Whymper visitaba la granja todos los lunes, tal y como se había acordado. Era un hombrecillo de aspecto astuto y con largas patillas, un abogado con un bufete muy pequeño, pero lo bastante avispado como para darse cuenta antes que nadie de que la Granja Animal necesitaría un agente mediador y de que las comisiones valdrían la pena. Los animales lo observaban ir y venir con una especie de temor y lo evitaban en la medida de lo posible. Sin embargo, ver a Napoleón en cuatro patas, dando órdenes a Whymper, que se mantenía en pie sobre sus dos piernas, despertó su orgullo y los reconcilió en parte con el nuevo acuerdo. Sus relaciones con la raza humana no eran ya las mismas que antes. Los seres humanos no odiaban menos a la Granja Animal ahora que estaba prosperando; de hecho, la odiaban más que nunca. Todos los seres humanos consideraban como algo indudable que la granja quebraría tarde o temprano y, sobre todo, que el molino de viento sería un fracaso. Se reunían en los bares y se demostraban unos a otros mediante gráficos que el molino de viento estaba destinado a derrumbarse, o que, si se mantenía en pie, nunca funcionaría. Y, sin embargo, en contra de su voluntad, habían desarrollado un cierto respeto por la eficacia con la que los animales gestionaban sus propios asuntos. Un síntoma de ello era que habían empezado a llamar a la Granja Animal por ese nombre y habían dejado de pretender que continuaba llamándose granja Manor. También habían abandonado la defensa de Jones, que había perdido la esperanza de recuperar su granja y se había ido a vivir a otra parte del país. Salvo a través de Whymper, no había todavía ningún contacto entre la Granja Animal y el mundo exterior, pero corrían constantes rumores de que Napoleón estaba a punto de llegar a un acuerdo comercial definitivo, bien con el señor Pilkington de Foxwood, o bien con el señor Frederick de Pinchfield, pero nunca, se decía, con ambos al mismo tiempo.

Fue por aquel entonces cuando los cerdos se trasladaron por sorpresa a la casa de la granja y se instalaron en ella. De nuevo, a los animales les pareció recordar que al principio se había aprobado una resolución en contra de aquello, y Gritón fue capaz de convencerlos de nuevo de que no era así. Dijo que era absolutamente necesario que los cerdos, que eran el cerebro de la granja, dispusieran de un lugar tranquilo para trabajar. También era más adecuado para la dignidad del líder (ya que últimamente había empezado a hablar de Napoleón otorgándole el título de «líder») vivir en una casa que en un simple chiquero. Sin embargo, algunos de los animales se molestaron al saber que los cerdos no solo comían en la cocina y utilizaban el salón como sala de recreo, sino que también dormían en las camas. Boxeador lo hizo pasar por lo de siempre con un «¡Napoleón siempre tiene razón!», pero Trébol, que creía recordar una norma concreta en contra de las camas, se dirigió al final del granero y trató de descifrar los Siete Mandamientos que allí estaban inscritos. Al verse incapaz de leer más que letras sueltas, buscó a Muriel.

—Muriel —le dijo—, léeme el cuarto mandamiento. ¿No dice algo sobre no dormir nunca en una cama?

Con cierta dificultad, Muriel lo leyó de forma literal.

—Dice: «Ningún animal dormirá en una cama con sábanas» —indicó al final.

Curiosamente, Trébol no había recordado que el cuarto mandamiento mencionara las sábanas, pero como estaba allí, en la pared, debía de ser así. Y Gritón, que por casualidad pasaba en ese momento acompañado de dos o tres perros, consiguió darle a todo el asunto el enfoque adecuado:

—¿Han oído entonces, camaradas, que los cerdos dormimos ahora en las camas de la casa? —dijo—. ¿Y por qué no? ¿Seguro que no supondrán que ha existido alguna vez una norma en contra de las camas? Una cama solo significa un lugar para dormir. Un montón de paja en un establo es una cama, propiamente dicha. La regla era contra las sábanas, que son una invención humana. Hemos quitado las sábanas de las camas de la casa de campo y dormimos entre cobijas. ¡Y son muy cómodas! Aunque no más cómodas de lo que necesitamos, puedo decirles, camaradas, con todo el trabajo mental que tenemos que hacer ahora. No nos dejarían sin descanso, ¿verdad, camaradas? ¿No querrán que estemos demasiado cansados como para cumplir con nuestro deber? Seguro que ninguno de ustedes desea ver a Jones de regreso.

Los animales le confirmaron de inmediato ese punto, y no se volvió a hablar de los cerdos que dormían en las camas de la granja. Y cuando, días después, se anunció que a partir de ese momento los cerdos se levantarían por las mañanas una hora más tarde que los demás animales, tampoco se presentó ninguna queja al respecto.

En otoño, los animales estaban cansados pero felices. Habían tenido un año duro, y tras la venta de parte del heno y el maíz, las reservas de comida para el invierno no eran demasiado abundantes, pero el molino de viento lo compensaba todo. Ahora estaba casi medio construido. Después de la cosecha hubo un periodo de tiempo seco y despejado y los animales trabajaron con más ahínco que nunca, pensando que valía la pena ir de un lado a otro todo el día con bloques de piedra si con ello podían levantar las paredes un metro más. Boxeador incluso salía por las noches y trabajaba durante una o dos horas por su cuenta a la luz de la luna. En sus ratos libres, los animales daban vueltas alrededor del molino a medio terminar, admirando la fuerza y la perpendicularidad de sus muros y maravillándose de que hubieran sido capaces de construir algo tan imponente. Solo el viejo Benjamín se negaba a entusiasmarse con el molino, aunque, como de costumbre, no decía nada más allá del críptico comentario de que los burros viven mucho tiempo.

Llegó noviembre, con fuertes vientos del suroeste. Se tuvo que detener la construcción porque había demasiada humedad como para mezclar bien el cemento. Por último, llegó una noche en la que el vendaval fue tan violento que los edificios de la granja temblaron sobre sus cimientos y varias tejas salieron volando del tejado del granero. Las gallinas se despertaron cacareando de terror porque todas habían soñado a la vez haber oído el disparo de una escopeta a lo lejos. Por la mañana, los animales salieron de sus establos y descubrieron que el mástil de la bandera había caído derribado y que un olmo situado en la entrada del huerto había resultado arrancado de cuajo. Acababan de darse cuenta de ello cuando un grito de desesperación brotó de la garganta de todos los animales. Habían visto algo terrible. El molino se había derrumbado.

Todos se echaron a correr hacia allí. Napoleón, que rara vez caminaba más rápido que al trote, los adelantó a todos. Sí, allí yacía el fruto de todos sus esfuerzos, arrasado hasta los cimientos, con las piedras que habían roto y transportado con tanto trabajo esparcidas por todas partes. Al principio, incapaces de hablar, se quedaron mirando con tristeza el montón de piedras derrumbadas. Napoleón se paseó de un lado a otro en silencio, olfateando de vez en cuando el suelo. La cola se le había puesto rígida y la sacudía con brusquedad de un lado a otro, señal de una intensa actividad mental. De repente, se detuvo como si hubiera tomado una decisión.

—Camaradas —dijo en voz baja—, ¿saben quién es el responsable de esto? ¿Saben quién es el enemigo que ha llegado por la noche y ha derribado nuestro molino? ¡¡Bola de Nieve!! —rugió de repente con una voz atronadora—. ¡Bola de Nieve es quien ha hecho esto! Por pura maldad, pensando en retrasar nuestros planes y vengarse de su deshonrosa expulsión, ese traidor se ha arrastrado hasta aquí al amparo de la noche y ha destruido nuestro trabajo de casi un año. Camaradas, aquí y ahora dicto sentencia de muerte contra Bola de Nieve. Una condecoración de Héroe animal de segunda clase y media fanega de manzanas para quien haga justicia con él. ¡Una fanega completa para cualquiera que lo capture con vida!

Los animales se sorprendieron muchísimo al saber que incluso Bola de Nieve podía ser culpable de semejante acción. Hubo gritos de indignación y todos empezaron a pensar en la manera de atrapar a Bola de Nieve si alguna vez volvía. Casi de inmediato, se descubrieron las huellas de un cerdo en la hierba, a poca distancia de la loma. Solo se podían rastrear unos pocos metros, pero parecían conducir a un agujero en el seto. Napoleón las observó detenidamente y dijo que eran de Bola de Nieve. Dio su opinión de que Bola de Nieve habría venido desde la granja Foxwood.

—¡Se acabaron las demoras, camaradas! —gritó Napoleón después de haber estudiado atentamente las huellas—. Hay trabajo que hacer. Esta misma mañana empezaremos a reconstruir el molino, y construiremos durante todo el invierno, llueva o haga sol. Le enseñaremos a ese miserable traidor que no puede destruir nuestro trabajo con tanta facilidad. Recuerden, camaradas, que no debe haber ninguna alteración en nuestros planes: se llevarán a cabo hasta el final. ¡Adelante, camaradas! ¡Viva el molino de viento! ¡Viva la Granja Animal!

CAPÍTULO 7

Fue un invierno muy duro. Al tiempo tormentoso le siguieron el granizo y la nieve, y luego una dura helada que no cesó hasta bien entrado febrero. Los animales continuaron con la reconstrucción del molino lo mejor que pudieron, a sabiendas de que el mundo exterior los observaba y de que los envidiosos seres humanos se alegrarían y celebrarían que el molino no estuviera terminado a tiempo.

Por despecho, los seres humanos fingieron no creer que fue Bola de Nieve quien había destruido el molino: dijeron que se había caído porque las paredes eran demasiado delgadas. Los animales sabían que no era así. Sin embargo, esta vez se había decidido construir las paredes con un grosor de un metro en lugar de medio metro como antes, lo que suponía cantidades mucho mayores de piedra. Durante mucho tiempo, la cantera estuvo cubierta por la nieve y no se pudo hacer nada. Durante el tiempo seco y helado que siguió, se hicieron algunos progresos, pero fue un trabajo agotador y los animales no se sentían tan esperanzados como antes. Siempre tenían frío y, por lo general, también hambre. Los únicos que nunca perdieron el ánimo fueron Boxeador y Trébol. Gritón pronunciaba excelentes discursos sobre la satisfacción del servicio y la dignidad del trabajo, pero los demás animales encontraban más inspiración en la fuerza de Boxeador y en su grito infalible de «¡Trabajaré más duro!».

La comida empezó a escasear en enero. La ración de cereales se redujo drásticamente y se anunció que se entregaría una ración adicional de papas para compensarla. Entonces se descubrió que la mayor parte de la cosecha de papas se había congelado en los montones donde se habían apilado porque no las habían cubierto lo suficiente con tierra y paja. Las papas se habían ablandado y descolorido, y solo unas pocas eran comestibles. Durante bastantes días, los animales solo tuvieron paja y betabel para comer. La inanición parecía inminente.

Era imprescindible ocultar aquel hecho al mundo exterior. Los seres humanos, envalentonados por el derrumbe del molino, inventaban nuevas mentiras sobre la Granja Animal. Una vez más, se decía que todos los animales se estaban muriendo de hambre y enfermedades, y que se peleaban continuamente entre ellos y que habían recurrido al canibalismo y al infanticidio. Napoleón era muy consciente de los malos resultados que podrían producirse si se conocieran los verdaderos hechos de la situación alimentaria, y decidió utilizar al señor Whymper para difundir una imagen diferente. Hasta entonces, los animales habían tenido poco o ningún contacto con Whymper en sus visitas semanales; en ese momento, sin embargo, a unos pocos animales seleccionados, en su mayoría ovejas, se les indicó que comentaran por casualidad delante de él que habían aumentado las raciones. Además, Napoleón ordenó que los contenedores casi vacíos del almacén se llenaran poco más o menos hasta el borde con arena y que luego se cubrieran con el resto del grano y la harina. Con una excusa adecuada, condujeron a Whymper a través del almacén y se le permitió echar un vistazo a los contenedores. Así engañado, siguió informando al mundo exterior que no había escasez de alimentos en la Granja Animal.

Sin embargo, hacia finales de enero se hizo evidente la necesidad de conseguir más grano de algún sitio. En esos días, Napoleón rara vez aparecía en público, sino que pasaba todo el tiempo en la casa de campo, que estaba custodiada en cada puerta por los perros de aspecto feroz. Cuando salía, lo hacía de manera ceremonial, con una escolta de seis perros que lo rodeaban estrechamente y gruñían si alguien se acercaba demasiado. A menudo ni siquiera aparecía los domingos por la mañana, sino que daba sus órdenes a través de uno de los otros cerdos, normalmente Gritón.

El domingo por la mañana, Gritón anunció que las gallinas, que acababan de empezar a poner, debían entregar sus huevos. Napoleón había aceptado, a través de Whymper, un contrato por la entrega de cuatrocientos huevos a la semana. Con el precio que consiguieran por ellos se podría comprar suficiente grano y harina para mantener la granja hasta que llegara el verano y las condiciones fueran más fáciles.

Al oír aquello, las gallinas protestaron de un modo terrible. Ya se les había advertido que quizá sería necesario realizar ese sacrificio, pero no habían creído que fuera a suceder de verdad. Estaban preparando sus nidos para la puesta de primavera y protestaron porque quitarles los huevos ahora sería un asesinato. Por primera vez desde la expulsión de Jones, hubo algo parecido a una rebelión. Encabezadas por tres pollitas negras de raza menorquina, las gallinas se esforzaron por frustrar los deseos de Napoleón. Su método consistía en volar hasta las vigas y depositar allí sus huevos, que se hacían pedazos al caer al suelo. Napoleón actuó de forma rápida y despiadada. Ordenó que se suspendieran las raciones de las gallinas y decretó que cualquier animal que diera un solo grano de cereal a cualquier gallina sería castigado con la muerte. Los perros se encargaron de que estas órdenes se cumplieran. Las gallinas resistieron durante cinco días, pero luego se rindieron y volvieron a sus nidos. Nueve gallinas habían muerto mientras tanto. Sus cuerpos fueron enterrados en el huerto y se dijo que habían muerto de coccidiosis. Whymper no se enteró de este asunto, y los huevos se entregaron a su debido tiempo. La camioneta de un tendero iba a la granja una vez a la semana para llevárselos.

Durante todo este tiempo, nadie había vuelto a ver a Bola de Nieve. Se rumoreaba que estaba escondido en una de las granjas vecinas, ya fuera Foxwood o Pinchfield. Para entonces, Napoleón se llevaba un poco mejor que antes con los otros granjeros. Resultó que en el patio había una pila de madera que se había amontonado allí diez años antes, cuando se taló una hilera de hayas. Estaba bien curada, y Whymper le había aconsejado a Napoleón que la vendiera. Tanto el señor Pilkington como el señor Frederick estaban ansiosos por comprarla. Napoleón dudaba entre los dos, incapaz de decidirse. Se observó que cada vez que parecía estar a punto de llegar a un acuerdo con Frederick, se declaraba que Bola de Nieve estaba escondido en Foxwood, mientras que, cuando se inclinaba por Pilkington, se decía que Bola de Nieve estaba en Pinchfield.

De repente, a principios de la primavera, se descubrió algo alarmante: ¡Bola de Nieve visitaba en secreto la granja por la noche! Los animales estaban tan alterados que apenas podían dormir en sus establos. Se decía que entraba a escondidas todas las noches, al amparo de la oscuridad, y provocaba toda clase de daños. Robaba el grano, volcaba los baldes de leche, rompía los huevos, pisoteaba los semilleros, roía la corteza de los árboles frutales. Cada vez que algo iba mal, lo habitual era atribuírselo a Bola de Nieve. Si se rompía una ventana o se obstruía un desagüe, alguien decía que Bola de Nieve había entrado por la noche y lo había hecho, y cuando se perdió la llave del almacén, toda la granja se mostró convencida de que Bola de Nieve la había tirado al pozo. Curiosamente, siguieron creyendo aquello incluso después de que la llave extraviada fuera encontrada bajo un saco de forraje. Las vacas declararon al unísono que Bola de Nieve se metía en sus establos y las ordeñaba mientras dormían. También se decía que las ratas, que habían dado problemas ese invierno, eran aliadas de Bola de Nieve.

Napoleón decretó que se debían investigar a fondo las actividades de Bola de Nieve. Se puso en marcha acompañado de sus perros y realizó un cuidadoso recorrido de inspección por los edificios de la granja mientras los otros animales lo seguían a una distancia prudente. A cada paso que daba, Napoleón se detenía y olfateaba el suelo en busca del rastro de Bola de Nieve, a quien, según decía, podía detectar por el olor. Olfateó en todos los rincones, en el granero, en el establo, en los gallineros, en el huerto, y encontró rastros de Bola de Nieve en casi todas partes. Pegaba el hocico al suelo, aspiraba con fuerza varias veces y exclamaba con una voz terrible: «¡Bola de Nieve! ¡Ha estado aquí! Capto su olor», y al oír las palabras «Bola de Nieve», los perros soltaban gruñidos escalofriantes y mostraban todos los dientes.

Los animales estaban muy asustados. Tenían la sensación de que Bola de Nieve era una especie de peligro invisible, que impregnaba el aire a su alrededor y los amenazaba con toda clase de peligros. Al anochecer, Gritón los reunió y, con una expresión alarmada en el rostro, les comunicó que tenía que darles una grave noticia.

—¡Camaradas! —gritó mientras daba pequeños saltos llenos de nerviosismo—. Hemos descubierto algo terrible. ¡Bola de Nieve se ha vendido a Frederick de la granja Pinchfield, que ahora mismo está tramando atacarnos y quitarnos la granja! Bola de Nieve hará de guía cuando el ataque comience. Sin embargo, hay algo peor que eso. Habíamos pensado que la rebelión de Bola de Nieve se debía a su vanidad y a su ambición. Sin embargo, estábamos equivocados, camaradas. ¿Saben cuál era la verdadera razón? ¡Bola de Nieve era un aliado de Jones desde el principio! Fue el agente secreto de Jones todo el tiempo. Todo ha quedado demostrado por los documentos que dejó tras de sí y que acabamos de descubrir. En mi opinión, esto explica muchas cosas, camaradas. ¿Acaso no vimos por nosotros mismos cómo intentó, por fortuna sin éxito, que fuéramos derrotados y destruidos en la Batalla de la Vaqueriza?

Los animales se quedaron estupefactos. Aquello era una maldad que superaba con creces la destrucción del molino por parte de Bola de Nieve. Sin embargo, pasaron algunos minutos antes de que pudieran asimilarlo por completo. Todos recordaban, o les parecía recordar, cómo habían visto a Bola de Nieve cargar delante de ellos en la Batalla de la Vaqueriza, cómo los había animado en todo momento, y cómo no se había detenido ni un momento, ni siquiera cuando los perdigones de la escopeta de Jones le hirieron el lomo. Al principio era un poco difícil ver cómo todo aquello encajaba con la idea que estuviera en el bando de Jones. Incluso Boxeador, que rara vez hacía preguntas, estaba desconcertado. Se acostó en el suelo, metió los cascos delanteros debajo del cuerpo, cerró los ojos y con un gran esfuerzo logró exponer sus pensamientos:

—No lo creo —dijo—. Bola de Nieve luchó con valentía en la Batalla de la Vaqueriza. Yo mismo lo vi. ¿No le dimos el título de Héroe animal de primera clase justo después?

—Ese fue nuestro error, camarada. Porque ahora sabemos (está todo escrito en los documentos secretos que hemos encontrado) que en realidad estaba tratando de llevarnos a nuestra perdición.

—Pero acabó herido —insistió Boxeador—. Todos lo vimos sangrar.

—¡Eso era parte del acuerdo! —chilló Gritón—. El disparo de Jones solo lo rozó. Podría mostrarte esto escrito por él mismo, si fueras capaz de leer. El plan era que Bola de Nieve, en el momento crítico, daría la señal de huida y dejaría el campo al enemigo. Y estuvo a punto de lograrlo; incluso diré, camaradas, que lo habría logrado si no hubiera sido por nuestro heroico líder, el camarada Napoleón. ¿No recuerdan cómo, justo en el momento en que Jones y sus hombres habían entrado en el patio, Bola de Nieve se dio la vuelta de repente y huyó, y muchos animales lo siguieron? ¿Y no recuerdan también que fue justo en ese momento, cuando el pánico se extendía y todo parecía perdido, que el camarada Napoleón saltó hacia delante con un grito de «¡Muerte a la humanidad!» y hundió sus dientes en la pierna de Jones? Seguro que recuerdan eso, ¿verdad, camaradas? —exclamó Gritón, moviéndose de un lado a otro.

En ese momento, al describir Gritón la escena de una manera tan gráfica, a los animales les pareció que sí la recordaban. En todo caso, recordaban que en el momento crítico de la batalla Bola de Nieve se había dado la vuelta para huir. Sin embargo, Boxeador seguía un poco inquieto.

—No creo que Bola de Nieve fuera un traidor al principio —dijo finalmente Boxeador—. Lo que haya hecho desde entonces es diferente. Sin embargo, creo que en la Batalla de la Vaqueriza fue un buen camarada.

—Nuestro líder, el camarada Napoleón, ha declarado con rotundidad, con rotundidad, camarada, que Bola de Nieve fue agente de Jones desde el principio; sí, desde mucho antes de que se pensara en la rebelión —anunció Gritón, hablando lentamente pero con firmeza.

—¡Oh, eso es diferente! —contestó Boxeador. Si el camarada Napoleón lo dice, debe de ser verdad.

—¡Ese es el verdadero espíritu, camarada! —exclamó Gritón, aunque todos vieron que lanzó una mirada aviesa a Boxeador con sus pequeños ojos centelleantes. Se dio la vuelta para irse, luego hizo una pausa y añadió de manera impactante—: Advierto a todos los animales de esta granja que mantengan los ojos muy abiertos, ¡porque tenemos razones para pensar que algunos agentes secretos de Bola de Nieve están al acecho entre nosotros en este momento!

Cuatro días después, a última hora de la tarde, Napoleón ordenó a todos los animales que se reunieran en el patio. Cuando estuvieron todos allí, Napoleón salió de la casa de campo, con sus dos medallas (ya que hacía poco que se había autoconcedido el título de Héroe animal de primera clase y Héroe animal de segunda clase), con sus nueve enormes perros correteando a su alrededor y profiriendo gruñidos que provocaron escalofríos en todos los animales. Todos se encogieron en silencio allí donde estaban, como si parecieran saber de antemano que algo terrible estaba a punto de suceder.

Napoleón se quedó mirando con seriedad a su auditorio; entonces lanzó un chillido agudo. De inmediato, los perros saltaron hacia delante, agarraron a cuatro de los cerdos por las orejas y los arrastraron, chillando de dolor y terror, a los pies de Napoleón. Las orejas de los cerdos sangraban, los perros habían probado esa sangre y durante unos instantes parecieron volverse locos. Ante el asombro de todos, tres de ellos se lanzaron contra Boxeador, que los vio venir, levantó uno de sus grandes cascos, atrapó a un perro en el aire y lo inmovilizó contra el suelo. El perro gritó pidiendo clemencia y los otros dos huyeron con el rabo entre las piernas. Boxeador miró a Napoleón para saber si debía aplastar al perro hasta la muerte o dejarlo ir. Napoleón pareció cambiar de semblante y le ordenó a Boxeador que soltara al perro; por lo tanto, este levantó la pezuña y el perro se alejó, magullado y aullando.

Al cabo de un rato, el alboroto cesó. Los cuatro cerdos esperaron, temblorosos, con la palabra culpa escrita en cada línea de sus rostros. Napoleón les pidió que confesaran sus delitos. Eran los mismos cuatro cerdos que habían protestado cuando Napoleón abolió las reuniones dominicales. Sin más rodeos, confesaron que habían estado en contacto secreto con Bola de Nieve desde su expulsión, que habían colaborado con él en la destrucción del molino de viento y que habían llegado a un acuerdo con él para entregar la Granja Animal al señor Frederick. Añadieron que Bola de Nieve les había confesado en privado que había sido el agente secreto de Jones durante años. Cuando terminaron su confesión, los perros les desgarraron rápidamente las gargantas y, con voz terrible, Napoleón preguntó si algún otro animal tenía algo que confesar.

Las tres gallinas que habían liderado el intento de rebelión por los huevos se adelantaron y declararon que Bola de Nieve se les había aparecido en sueños y las había incitado a desobedecer las órdenes de Napoleón. También a ellas se les sacrificó. A continuación, un ganso también se adelantó y confesó haber escondido seis mazorcas de maíz durante la cosecha del año anterior y habérselas comido por la noche. Luego, una oveja confesó haber orinado en el estanque para beber (incitada, según ella, por Bola de Nieve) y otras dos ovejas confesaron haber asesinado a un viejo carnero, un seguidor muy fiel de Napoleón, persiguiéndolo alrededor de una hoguera cuando tenía tos. Todos fueron ejecutados en el acto. Y así continuó la historia de confesiones y ejecuciones, hasta que hubo una pila de cadáveres a los pies de Napoleón y el aire quedó cargado con el olor de la sangre, algo que no sucedía desde la expulsión de Jones.

Cuando todo terminó, los animales restantes, excepto los cerdos y los perros, se alejaron en masa. Estaban conmocionados y se sentían abatidos. No sabían qué era más impactante: la traición de los animales que se habían aliado con Bola de Nieve o el cruel castigo que acababan de presenciar. En los viejos tiempos, a menudo se producían escenas de derramamiento de sangre igual de terribles, pero a todos les parecía que era mucho peor ahora que ocurría entre ellos. Desde que Jones había dejado la granja hasta ese día, ningún animal había matado a otro. No había muerto ni siquiera una rata. Se dirigieron a la pequeña loma donde se encontraba el molino de viento a medio terminar y todos se acostaron juntos, como si se acurrucaran para entrar en calor: Trébol, Muriel, Benjamín, las vacas, las ovejas y un averío entero de gansos y gallinas, todos excepto la gata, que había desaparecido de pronto justo antes de que Napoleón ordenara a los animales que se reunieran. Durante algún tiempo nadie dijo nada. Solo Boxeador permaneció de pie. Se movió de un lado a otro, agitando su larga cola negra contra sus costados y emitiendo de vez en cuando un pequeño relincho de sorpresa. Al final dijo:

—No lo entiendo. No habría creído que tales cosas pudieran ocurrir en nuestra granja. Debe de ser a causa de alguna falla en nosotros mismos. La solución, tal y como yo lo veo, es trabajar más. A partir de ahora me levantaré una hora antes por las mañanas.

Y se puso en marcha con su lento trote y se dirigió a la cantera. Una vez allí, recogió dos cargas sucesivas de piedra y las arrastró hasta el molino de viento antes de retirarse a dormir. Los animales se acurrucaron alrededor de Trébol, sin hablar. La loma en la que se encontraban les ofrecía una amplia perspectiva del campo. Tenían a la vista la mayor parte de la Granja Animal: el gran pastizal que se extendía hasta la carretera principal, el campo de heno, el bosquecito, el estanque para abrevar, los campos sembrados donde el trigo joven era espeso y verde, y los tejados rojos de los edificios de la granja con el humo saliendo de las chimeneas. Era una clara tarde de primavera. La hierba y los setos florecidos estaban dorados por los rayos del sol. Nunca la granja había parecido un lugar tan deseable para los animales y, con una especie de sorpresa, recordaron que era su propia granja y que cada centímetro de ella era de su propiedad. Mientras Trébol miraba la ladera, los ojos se le llenaron de lágrimas. Si hubiera podido expresar sus pensamientos, habría dicho que aquello no era lo que habían pretendido cuando, años atrás, se habían propuesto trabajar para derrocar a la raza humana. Esas escenas de terror y matanza no era lo que esperaban aquella noche en la que el viejo Mayor los incitó por primera vez a la rebelión. Si ella misma había tenido alguna visión del futuro, había sido la de una sociedad de animales libres del hambre y del látigo, todos iguales, cada uno trabajando según su capacidad, los fuertes protegiendo a los débiles, como ella había protegido a la nidada de patitos perdidos con su pata delantera la noche del discurso de Mayor. En cambio, no sabía por qué, habían llegado a un momento en el que nadie se atrevía a decir lo que pensaba, en el que los perros feroces y que gruñían amenazantes rondaban por todas partes, y en el que tenías que ver a tus compañeros despedazados después de confesar delitos espantosos. No había ningún pensamiento de rebelión o desobediencia en su mente. Sabía que, incluso tal y como estaban las cosas, estaban mucho mejor que en los días de Jones, y que antes que nada era necesario impedir el regreso de los seres humanos. Pasara lo que pasara, seguiría siendo fiel, trabajaría duro, cumpliría las órdenes que se le dieran y aceptaría el liderazgo de Napoleón. Aun así, no era por esto por lo que ella y todos los demás animales habían esperado y se habían esforzado. No fue por eso por lo que construyeron el molino de viento y se enfrentaron a los disparos de la escopeta de Jones. Eso era lo que pensaba, aunque le faltaban las palabras para expresarlo.

Finalmente, al sentir que aquello sustituía de alguna manera las palabras que no podía encontrar, comenzó a cantar *Bestias de Inglaterra*. Los otros animales que estaban sentados a su alrededor se unieron a ella y la cantaron tres veces, muy afinada, pero lenta y tristemente, como nunca la habían cantado.

Acababan de terminar de cantarla por tercera vez cuando Gritón, acompañado por dos perros, se acercó a ellos con aire de tener algo importante que decir. Anunció que, por un decreto especial del camarada Napoleón, *Bestias de Inglaterra* había sido abolida. A partir de ese momento estaba prohibido cantarla.

Los animales se quedaron sorprendidos.

—¿Por qué? —gritó Muriel.

—Ya no es necesario, camarada —dijo Gritón con firmeza—. *Bestias de Inglaterra* era la canción de la rebelión, pero la rebelión ya se ha completado. La ejecución de los traidores de esta tarde ha sido el acto final. Tanto el enemigo externo como el interno han sido derrotados. En *Bestias de Inglaterra* expresamos nuestro deseo de una sociedad mejor en los días venideros, pero esa sociedad ya se ha establecido. Está claro que esta canción ya no tiene ningún propósito.

Aunque asustados, algunos de los animales quizá habrían protestado, pero en ese momento las ovejas lanzaron su habitual balido de «Cuatro patas bueno, dos patas malo», que se prolongó durante varios minutos, lo que puso fin a la discusión.

Así que no se volvió a escuchar *Bestias de Inglaterra*. En su lugar, Mínimus, el poeta, había compuesto otra canción que comenzaba:

Granja Animal, Granja Animal,
¡Por mí jamás sufrirás ningún mal!

Se cantaba aquello todos los domingos por la mañana después de izar la bandera, pero, de alguna manera, ni la letra ni la melodía les parecían a los animales como *Bestias de Inglaterra*.

CAPÍTULO 8

Unos días más tarde, cuando el terror causado por las ejecuciones había disminuido, algunos de los animales recordaron (o creyeron recordar) que el sexto mandamiento decretaba: «Ningún animal matará a otro animal». Y aunque nadie quiso mencionarlo delante de los cerdos o los perros, les pareció que las matanzas que habían tenido lugar no encajaban con aquello. Trébol le pidió a Benjamín que le leyera el sexto mandamiento, y cuando Benjamín, como de costumbre, dijo que se negaba a meterse en esos asuntos, llamó a Muriel. Muriel le leyó el mandamiento. Decía: «Ningún animal matará a otro sin motivo». De alguna manera, las dos últimas palabras se habían escapado de la memoria de los animales. No obstante, ahora veían que el mandamiento no se había incumplido, pues era evidente que había un buen motivo para matar a los traidores que se habían aliado con Bola de Nieve.

Durante todo el año los animales trabajaron aún más que el año anterior. Reconstruir el molino, con paredes el doble de gruesas que antes, y terminarlo en la fecha prevista, junto con el trabajo habitual de la granja, supuso una labor tremenda. Hubo momentos en que a los animales les parecía que trabajaban más horas y se alimentaban peor que en la época de Jones. Los domingos por la mañana, Gritón, sujetando una larga tira de papel con la pata, les leía listas de cifras que demostraban que la producción de cada clase de alimento había aumentado en un doscientos, trescientos o quinientos por ciento, según el caso. Los animales no veían motivos para no creerlo, sobre todo porque ya no recordaban con claridad cómo habían sido las condiciones antes de la rebelión. Sin embargo, había días en los que sentían que preferirían tener menos cifras y más comida.

Todas las órdenes se daban ya a través de Gritón o de alguno de los otros cerdos. El propio Napoleón no se dejaba ver en público más que una vez cada quince días. Cuando aparecía, no solo lo acompañaba su séquito de perros, sino también un gallo negro que marchaba delante de él y actuaba como una especie de trompetista, soltando un fuerte quiquiriquí antes de que Napoleón hablara. Se decía que incluso en la casa de campo, Napoleón habitaba en habitaciones separadas de los demás. Comía solo, con dos perros que lo atendían, y siempre comía en la vajilla Crown Derby que estaba en la vitrina de cristal de la sala. También se anunció que la escopeta se dispararía cada año en el cumpleaños de Napoleón, así como en los otros dos aniversarios.

Ahora nunca se hablaba de Napoleón sencillamente como «Napoleón». Siempre se referían a él en estilo formal como «nuestro líder, camarada Napoleón», y a los cerdos les gustaba inventar para él títulos como «Padre de todos los animales», «Terror de la humanidad», «Protector del redil de ovejas», «Amigo de los patitos», y otros similares. En sus discursos, Gritón hablaba, con las lágrimas rodando por sus mejillas, de la sabiduría de Napoleón, de la bondad de su corazón y del profundo amor que sentía por todos los animales del mundo, incluso y especialmente por los infelices que aún vivían en la ignorancia y la esclavitud en otras granjas. Era habitual atribuir a Napoleón el mérito de todos los éxitos y de todos los golpes de suerte. A menudo se oía a una gallina comentar a otra: «Bajo la dirección de nuestro líder, el camarada Napoleón, he puesto cinco huevos en seis días»; o dos vacas, disfrutando de un trago en el estanque, exclamaban: «Gracias a la dirección del camarada Napoleón, ¡qué bien sabe esta agua!». El sentimiento general de la granja estaba bien expresado en un poema titulado *Camarada Napoleón*, compuesto por Mínimus y que decía lo siguiente:

¡Amigo de los huérfanos!
¡Fuente de felicidad!
¡Señor del salvado porcino!
¡Oh, cómo arde mi corazón
cuando contemplo tu tranquila
y dominante mirada,
como el sol en el cielo,
camarada Napoleón!
Tú eres quien ofrece
todo lo que a tus criaturas apetece,
panza llena dos veces al día, heno limpio donde revolcarse.
Todas las bestias grandes y pequeñas
duermen en paz en su cubículo,
Tú vigilas a todos,
¡camarada Napoleón!

Si tuviera un cerdo lechal,
antes de que fuera tan
grande como una pinta o un rodillo de amasar,
habría aprendido
a serte fiel y leal,
sí, y su primer gruñido sería:
«¡Camarada Napoleón!»

Napoleón aprobó el poema e hizo que lo pintaran en
la pared del granero, en el extremo opuesto al de los Siete Mandamientos. Estaba coronado por un retrato de
Napoleón, de perfil, realizado por Gritón con pintura
blanca.

Mientras tanto, a través de la intermediación de Whym-

per, Napoleón estaba inmerso en unas complicadas nego-
ciaciones con Frederick y Pilkington. La pila de madera
seguía sin venderse. De los dos, Frederick era el que estaba
más ansioso por quedarse con ella, pero no ofrecía un precio razonable. Al mismo tiempo, volvieron a surgir rumores de que Frederick y sus hombres estaban tramando atacar la Granja Animal y destruir el molino de viento, ya
que su construcción había provocado una tremenda envi-
dia. Se sabía que Bola de Nieve seguía merodeando por la
granja de Pinchfield. A mediados del verano, los animales
se alarmaron al enterarse de que tres gallinas se habían
presentado y confesado que, inspiradas por Bola de Nieve,
habían participado en un complot para asesinar a Napoleón. Fueron ejecutadas inmediatamente y se tomaron
nuevas precauciones en lo relativo a la seguridad de Napoleón. Cuatro perros vigilaban su cama por la noche, uno
en cada esquina, y a un joven cerdo llamado Ojorrosa se le
encomendó la tarea de probar toda su comida antes de que
se la sirvieran por si estaba envenenada.

Más o menos al mismo tiempo se dio a conocer que
Napoleón había acordado vender la pila de madera al señor Pilkington; también iba a establecer un acuerdo per-
manente para el intercambio de ciertos productos entre la
Granja Animal y Foxwood. Las relaciones entre Napoleón
y Pilkington, aunque solo se llevaban a cabo a través de
Whymper, eran ya casi amistosas. Los animales desconfia-

ban de Pilkington, como ser humano que era, pero lo preferían sobre Frederick, a quien temían y odiaban. A medida que avanzaba el verano y el molino de viento se acercaba a su conclusión, los rumores de un inminente ataque a traición eran cada vez más insistentes. Se decía que Frederick tenía la intención de enviar contra ellos a veinte hombres armados con pistolas, y que ya había sobornado a los jueces y a la policía para que, si conseguía quedarse con los títulos de propiedad de la Granja Animal, no hicieran preguntas. Además, desde Pinchfield se filtraban terribles historias sobre las crueldades que Frederick practicaba con sus animales. Había azotado a un caballo viejo hasta la muerte, mataba de hambre a sus vacas, había matado a un perro arrojándolo al interior de un horno encendido, se divertía por las noches haciendo pelear a los gallos con hojas de afeitar atadas a sus espolones. La sangre de los animales hervía de rabia cuando se enteraban de esas cosas que les hacían a sus compañeros, y a veces clamaban para que se les permitiera salir en grupo y atacar la granja Pinchfield, expulsar a los humanos y liberar a los animales. Sin embargo, Gritón les aconsejaba que evitaran las acciones precipitadas y confiaran en la estrategia del camarada Napoleón.

Aun así, la hostilidad contra Frederick seguía siendo muy intensa. Un domingo por la mañana, Napoleón apareció en el granero y explicó que en ningún momento había contemplado la posibilidad de vender el montón de madera a Frederick; dijo que consideraba que era indigno tener tratos con sinvergüenzas de ese tipo. A las palomas que seguían siendo enviadas a difundir noticias de la rebelión, se les prohibió poner un pie en cualquier lugar de Foxwood, y también se les ordenó que abandonaran su antiguo lema de «Muerte a la humanidad» en favor de «Muerte a Frederick». A finales del verano, otra de las maquinaciones de Bola de Nieve quedó al descubierto. La cosecha de trigo estaba llena de malas hierbas, y se descubrió que en una de sus visitas nocturnas Bola de Nieve había mezclado semillas de malas hierbas con las semillas de trigo. Un gavilán, que había estado al tanto de la trama, confesó su culpa a Gritón e inmediatamente se suicidó tragando bayas mortales de belladona. Los animales también se enteraron de que Bola de Nieve nunca (como muchos de ellos habían creído hasta entonces) había recibido la orden de Héroe animal de primera clase. Se trataba tan solo de una leyenda que el propio Bola de Nieve había difundido poco después de la Batalla de la Vaqueriza. Lejos de ser condecorado, había recibido una amonestación oficial por mostrar cobardía en la batalla. Una vez más, algunos de los animales escucharon aquello con cierta confusión, pero Gritón no tardó en convencerlos de que les fallaba la memoria.

Para otoño, gracias a un tremendo y agotador esfuerzo,

ya que la cosecha tenía que recogerse casi al mismo tiempo, el molino de viento estaba terminado. Todavía faltaba instalar la maquinaria y Whymper estaba negociando su compra, pero la estructura estaba terminada. ¡A pesar de todas las dificultades, a pesar de la inexperiencia, de las herramientas elementales, de la mala suerte y de la traición de Bola de Nieve, el trabajo se había terminado exactamente el día previsto! Cansados pero orgullosos, los animales dieron vueltas alrededor de su obra maestra, que les pareció aún más hermosa que cuando la construyeron la primera vez. Además, los muros eran el doble de gruesos que antes. ¡Esta vez, nada, salvo los explosivos, los derribaría! Y cuando pensaron en lo mucho que habían trabajado, en el desánimo que habían tenido que vencer, y en la enorme diferencia que supondría en sus vidas que las aspas empezaran a girar y los dinamos a funcionar, cuando pensaron en todo esto, el cansancio los abandonó y se agolparon alrededor del molino lanzando gritos de triunfo. El propio Napoleón, acompañado de sus perros y su gallo, bajó a inspeccionar la obra terminada; felicitó a los animales en persona por su logro y anunció que el molino se llamaría molino de Napoleón.

Dos días después, los animales fueron convocados a una reunión especial en el granero. Se quedaron mudos de sorpresa cuando Napoleón anunció que había vendido la pila de madera a Frederick. Al día siguiente llegarían los carros de Frederick y comenzarían a llevársela. Durante todo el periodo de su aparente amistad con Pilkington, Napoleón había estado, en realidad, poniéndose de acuerdo en secreto con Frederick.

Se habían roto todas las relaciones con Foxwood; se habían enviado mensajes insultantes a Pilkington. Se había comunicado a las palomas que evitaran la granja Pinchfield y que modificaran su lema de «Muerte a Frederick» por «Muerte a Pilkington». Al mismo tiempo, Napoleón les aseguró a los animales que las historias de un inminente ataque a la Granja Animal eran completamente falsas y que los cuentos sobre la crueldad de Frederick con sus propios animales se habían exagerado mucho. Todos estos rumores los habían originado, con toda probabilidad, Bola de Nieve y sus agentes. Ahora resultaba que Bola de Nieve no se escondía en la granja Pinchfield y que, de hecho, nunca había estado allí en su vida: vivía (con un lujo considerable, según se decía) en Foxwood, y en realidad había estado a sueldo de Pilkington desde hacía años.

Los cerdos estaban en pleno éxtasis por la astucia de Napoleón. Al aparentar amistad con Pilkington había obligado a Frederick a subir su precio doce libras. Sin embargo, la superioridad de la mente de Napoleón, dijo Gritón, se demostraba en el hecho de que no se fiaba de nadie, ni siquiera de Frederick. Este había querido pagar la madera con algo llamado cheque, que, al parecer, era un trozo de papel con una promesa de pago escrita en él. Sin embargo, Napoleón era demasiado astuto para él. Exigió el pago en billetes auténticos de cinco libras, que debían ser entregados antes de la retirada de la madera. Frederick ya había pagado, y la suma que había desembolsado era suficiente para comprar la maquinaria del molino.

Mientras tanto, se llevaban la madera con rapidez por medio de carretillas. Cuando acabaron, se celebró otra reunión especial en el granero para que los animales inspeccionaran los billetes de Frederick. Con una sonrisa autocomplaciente y con sus dos condecoraciones prendidas, Napoleón reposaba en un lecho de paja sobre la plataforma, con el dinero a su lado, apilado con esmero en un plato de porcelana de la cocina de la granja. Los animales pasaron poco a poco y cada uno de ellos lo miró hasta hartarse. Y Boxeador acercó la nariz para olfatear los billetes y los endebles papeles se agitaron y crujieron con su aliento.

Tres días después se produjo un tremendo alboroto. Whymper, con el rostro pálido como un muerto, subió corriendo en su bicicleta por el camino, la arrojó al patio y se precipitó hacia el interior de la casa de campo. A continuación, se oyó un rugido de rabia ahogado en los aposentos de Napoleón. La noticia de lo sucedido corrió por la granja como un reguero de pólvora. Los billetes eran falsos. Frederick había conseguido la madera a cambio de nada.

Napoleón reunió inmediatamente a los animales y con una voz terrible sentenció de muerte a Frederick. Dijo que, cuando lo capturaran, a Frederick había que hervirlo vivo. Al mismo tiempo les advirtió que, después de aquel acto traicionero, cabía esperar lo peor. Frederick y sus hombres podrían llevar a cabo su tan esperado ataque en cualquier momento. Se colocaron centinelas en todos los accesos a la granja. Además, se enviaron cuatro palomas a Foxwood para entregar un mensaje conciliador, con el que se esperaba se pudieran restablecer las buenas relaciones con Pilkington.

A la mañana siguiente se produjo el ataque. Los animales estaban desayunando cuando los vigilantes llegaron corriendo con la noticia de que Frederick y sus seguidores ya habían atravesado la puerta principal de barrotes. Todos salieron a su encuentro con valentía, pero esta vez no obtuvieron una victoria tan fácil como en la Batalla de la Vaqueriza. Eran quince hombres con media docena de escopetas, y abrieron fuego en cuanto se acercaron a menos de cincuenta metros. Los animales no pudieron hacer frente a las terribles descargas y a los perdigones que los atravesaban y, a pesar de los esfuerzos de Napoleón y de Boxeador por reagruparlos, pronto los hicieron retroceder. Varios de ellos ya estaban heridos. Se refugiaron en los edificios de la granja y se asomaron con cautela por las grietas y los agujeros de los nudos de la madera. Todo el gran pastizal, incluido el molino de viento, estaba en manos del enemigo. En esos momentos, incluso Napoleón parecía estar perdido. Se paseaba de un lado a otro sin decir nada, con la cola rígida y temblorosa. Lanzaban miradas esperanzadas hacia Foxwood. Si Pilkington y sus hombres los ayudaran, todavía se podría ganar la batalla. Sin embargo, en ese momento volvieron las cuatro palomas que habían enviado el día anterior, y una de ellas llevaba un trozo de papel escrito por Pilkington. En él se leía: «Te lo mereces».

Mientras tanto, Frederick y sus hombres se habían detenido alrededor del molino. Los animales los observaban y un murmullo de consternación circuló entre ellos. Dos de los hombres habían sacado una palanca y un mazo. Iban a derribarlo.

—¡Imposible! —gritó Napoleón—. Hemos construido los muros demasiado gruesos para eso. No podrán derribarlo ni en una semana. ¡Ánimo, camaradas!

Sin embargo, Benjamín observaba atentamente los movimientos de los hombres. Los dos que tenían el mazo y la palanca estaban haciendo un agujero cerca de la base del molino. Poco a poco, y con un aire casi de diversión, Benjamín asintió con su largo hocico.

—Me lo imaginaba —dijo—. ¿No ves lo que están haciendo? Dentro de un momento van a meter pólvora en ese agujero.

Aterrados, los animales esperaron. Ahora era imposible

aventurarse fuera del refugio que ofrecían los edificios. Al cabo de unos minutos se vio que los hombres corrían en todas direcciones. Entonces se oyó un estruendo ensordecedor. Las palomas se arremolinaron en el aire y todos los animales, excepto Napoleón, se echaron al suelo y ocultaron sus rostros. Cuando se levantaron de nuevo, una enorme nube de humo negro flotaba donde había estado el molino. Poco a poco, la brisa la alejó. ¡El molino había dejado de existir!

Al ver aquello, los animales recobraron el valor. El miedo y la desesperación que habían sentido un momento antes dio paso a la rabia frente a aquel acto tan vil y despreciable. Lanzaron un poderoso grito de venganza y, sin esperar más órdenes, cargaron en grupo contra el enemigo. Esta vez no prestaron atención a las brutales descargas de perdigones que les caían encima como el granizo. Fue una batalla salvaje y feroz. Los hombres dispararon una y otra vez, y cuando los animales se les echaron encima, respondieron con sus palos y sus pesadas botas. Una vaca, tres ovejas y dos gansos murieron y casi todos resultaron heridos. Incluso Napoleón, que dirigía las operaciones desde la retaguardia, sufrió el impacto de un perdigón en la punta de la cola. Tampoco los hombres salieron indemnes. Tres de ellos acabaron con la cabeza rota por los golpes de los cascos de Boxeador; a otro, una de las vacas le abrió el vientre de una cornada; a otro, Jessie y Campanilla casi le arrancaron los pantalones. Y cuando los nueve perros de la propia guardia de Napoleón, a los que había ordenado dar un rodeo alrededor del seto, aparecieron de repente en un flanco de los hombres aullando ferozmente, el pánico se apoderó de ellos. Vieron que estaban en peligro de ser rodeados. Frederick gritó a sus hombres para que escaparan mientras pudieran, y al instante siguiente el cobarde enemigo corría para salvar su vida. Los animales los persiguieron hasta el final del campo y les dieron unas últimas patadas mientras se abrían paso a través del seto de espinas.

Habían ganado, pero estaban cansados y sangrando. Poco a poco empezaron a cojear de vuelta a la granja. La visión de sus camaradas muertos, tendidos sobre la hierba, hizo llorar a algunos de ellos. Y durante un rato se detuvieron en silencio apesadumbrado en el lugar donde antes había estado el molino de viento. Sí, había desaparecido; casi el último rastro de su trabajo había desaparecido. Incluso los cimientos estaban parcialmente destruidos. Y al reconstruirlo no podrían aprovechar, como en la anterior ocasión, las piedras caídas. Esta vez las piedras también habían desaparecido. La fuerza de la explosión las había arrojado a cientos de metros de distancia. Era como si el molino nunca hubiera existido.

Cuando se acercaron a la granja, Gritón, que inexplicablemente había estado ausente durante el combate, se acercó saltando hacia ellos, moviendo la cola y sonriendo con satisfacción. Y los animales oyeron, proveniente de los edificios de la granja, el solemne estruendo de un arma.

—¿Por qué se dispara el arma? —quiso saber Boxeador.

—¡Para celebrar nuestra victoria! —exclamó Gritón.

—¿Qué victoria? —dijo Boxeador.

Le sangraban las rodillas, había perdido una herradura y se había roto la pezuña, y tenía una docena de perdigones alojados en una pata trasera.

—¿Que qué victoria, camarada? ¿Acaso no hemos expulsado al enemigo de nuestra tierra, la tierra sagrada de la Granja Animal?

—Pero han destruido el molino de viento. Y habíamos trabajado en él durante dos años.

—¿Qué importa? Construiremos otro molino de viento. Construiremos seis molinos de viento si queremos. No aprecias, camarada, la importancia de lo que hemos conseguido. El enemigo ocupaba este mismo terreno que pisamos. ¡Y ahora, gracias al liderazgo del camarada Napoleón, hemos recuperado cada centímetro!

—Entonces hemos recuperado lo que ya teníamos —dijo Boxeador.

—Esa es nuestra victoria —le explicó Gritón.

Entraron cojeando en el patio. Los perdigones que Boxeador llevaba incrustados en la pata le dolían mucho. Vio ante sí la pesada tarea de reconstruir el molino de viento desde los cimientos, y se mentalizó para la tarea. Sin embargo, por primera vez se le ocurrió que ya tenía once años y que tal vez sus grandes músculos ya no eran lo que habían sido.

No obstante, cuando los animales vieron ondear la bandera verde, oyeron el disparo del arma (siete veces en total) y escucharon el discurso que pronunció Napoleón, felicitándolos por su conducta, les pareció, después de todo, que habían obtenido una gran victoria. Los animales muertos en la batalla recibieron un solemne funeral. Boxeador y Trébol jalaron el carro que hacía las veces de coche fúnebre y el propio Napoleón iba a la cabeza del cortejo. Se dedicaron dos días enteros a las celebraciones. Hubo canciones, discursos y más disparos, y se entregó un regalo especial de una manzana a cada animal, a cada ave sesenta gramos de grano y tres galletas para cada perro. Se anunció que la batalla se llamaría la Batalla del Molino, y que Napoleón había creado una nueva condecoración, la Orden de la Bandera Verde, que se había otorgado a sí mismo. En el regocijo general se olvidó el desafortunado asunto de los billetes.

Unos días más tarde, los cerdos encontraron una caja de whisky en los sótanos de la granja. Había pasado desapercibida en el momento en que la casa fue ocupada por primera vez. Aquella noche, de la casa de campo llegó el sonido estruendoso de canciones a gritos, entre las que, para sorpresa de todos, se mezclaban los acordes de *Bestias de*

Inglaterra. A eso de las nueve y media, se vio con claridad a Napoleón, que lucía un viejo bombín del señor Jones, salir por la puerta trasera, galopar rápidamente por el patio y desaparecer de nuevo en el interior. Sin embargo, por la mañana un profundo silencio se cernía sobre la casa de campo. Ni un solo cerdo parecía moverse. Eran casi las nueve cuando Gritón apareció por fin, caminando lentamente y con la cabeza baja, los ojos apagados, la cola colgando sin fuerza detrás de él y con toda la apariencia de estar muy enfermo. Reunió a los animales y les dijo que tenía una terrible noticia que comunicarles: ¡El camarada Napoleón se estaba muriendo!

Se oyó un coro de lamentos. Se colocó paja ante las puertas de la granja y los animales caminaron de puntitas. Con lágrimas en los ojos se preguntaban unos a otros qué debían hacer si les quitaban a su líder. Corrió el rumor de que Bola de Nieve había conseguido introducir veneno en la comida de Napoleón. A las once, Gritón salió a hacer otro anuncio. Como su último acto en la tierra, el camarada Napoleón había proclamado un solemne decreto: el consumo de alcohol sería castigado con la muerte.

Por la noche, sin embargo, Napoleón parecía estar algo mejor, y a la mañana siguiente Gritón les informó que estaba en vías de recuperación. Al anochecer de ese día Napoleón estaba de vuelta en el trabajo, y al día siguiente se supo que había dado instrucciones a Whymper para que comprara en Willingdon algunos folletos sobre la fermentación y el destilado. Una semana más tarde, Napoleón dio órdenes de arar el pequeño prado situado más allá del huerto, que hasta entonces se había previsto destinar a pasto para los animales que ya no tenían trabajo. Se dijo que el pasto estaba agotado y necesitaba ser resembrado, pero pronto se supo que Napoleón tenía la intención de sembrar cebada.

Por aquel entonces se produjo un extraño incidente que casi nadie pudo comprender. Una noche, hacia las doce, se oyó un fuerte estruendo en el patio y los animales salieron corriendo de sus establos. Era una noche iluminada por la luna. Al pie de la pared del fondo del granero, donde estaban escritos los Siete Mandamientos, había una escalera rota en dos pedazos. Gritón, que había quedado temporalmente aturdido, estaba tirado junto a ella y cerca había un farol, una brocha y un bote volcado de pintura blanca. Los perros rodearon de inmediato a Gritón y lo escoltaron de vuelta a la granja en cuanto pudo caminar. Ninguno de los animales logró hacerse una idea de lo que esto significaba, excepto el viejo Benjamín, que asintió con el hocico con un aire de parecer entender lo ocurrido, pero no dijo nada.

No obstante, unos días más tarde, Muriel, leyendo para sí misma los Siete Mandamientos, se dio cuenta de que había otro que los animales habían recordado mal. Pensaban que el quinto mandamiento era: «Ningún animal beberá alcohol», pero había dos palabras que habían olvidado. En realidad, el mandamiento decía: «Ningún animal beberá alcohol EN EXCESO».

CAPÍTULO 9

El casco roto de Boxeador tardó mucho tiempo en curarse. Habían comenzado a reconstruir el molino de viento el día después de que terminasen las celebraciones por la victoria. Boxeador se negó a descansar ni un solo día, y por pura honra no dejaba ver a nadie que estaba sufriendo. Por las tardes admitía en privado con Trébol que el casco le traía muchos problemas.

Trébol le preparaba una pomada con hierbas que previamente había masticado, y Benjamín y ella le rogaban que no trabajase tanto.

—Los pulmones de un caballo no son eternos —le dijo Trébol.

Sin embargo, Boxeador nunca escuchaba. Decía que la única aspiración real que le quedaba antes de jubilarse era ver que la construcción del molino de viento estaba muy avanzada.

Al principio, cuando se redactaron las primeras leyes de la Granja Animal, se estableció la edad de jubilación para los caballos y los cerdos a los doce años, para las vacas a los catorce, para los perros a los nueve, para las ovejas a los siete y para las gallinas y los gansos a los cinco. También se acordaron pensiones de jubilación muy generosas. Hasta ese momento no se había jubilado ningún animal, pero el tema se hablaba cada vez más. Puesto que el pequeño campo más allá del huerto lo habían destinado a la cebada, corría el rumor de que se iba a cercar un trozo del gran pastizal para convertirlo en una zona de pastoreo de animales jubilados. Se dijo que la pensión para un caballo sería de dos kilos de grano al día y, en invierno, de siete kilos de heno además de una zanahoria o, tal vez, una manzana en días festivos. El duodécimo cumpleaños de Boxeador era a finales del verano del año siguiente.

Mientras tanto, la vida era dura. El invierno fue tan frío como el anterior y la comida escaseó todavía más. Todas las raciones se redujeron de nuevo, excepto las de los cerdos y las de los perros. Gritón explicó que una igualdad demasiado estricta significaría contradecir los principios del Animalismo. En cualquier caso, no le suponía un problema demostrar a los demás animales que realmente no les faltaba alimento, a pesar de que pareciese lo contrario. Por supuesto, en aquel momento fue necesario reajustar las raciones (Gritón siempre hablaba de «reajustar», nunca de «reducir»), pero en comparación con el mandato de Jones todavía había una mejoría increíble. Leyó las cifras en voz alta y muy deprisa para demostrarles con detalle que tenían más avena, más heno y más nabos que en la época de Jones, que trabajaban menos horas, que el agua potable era de más calidad, que tenían mayor esperanza de vida, que una gran proporción de las crías superaba la infancia, y que tenían más paja y menos pulgas en los establos. Los animales se creyeron todas y cada una de esas palabras. A decir verdad, Jones y todo en lo que creía casi se había borrado de sus recuerdos. Sabían que su vida actual era dura y simple, que solían tener hambre y pasar frío, y que normalmente trabajaban cuando no estaban durmiendo, pero sin duda antaño había sido peor. Se alegraban por creer eso. Además, en esa época habían sido esclavos y ahora eran libres, y eso marcaba la diferencia, como Gritón no dejaba de repetir.

Ahora había muchas más bocas que alimentar. En otoño, las cuatro cerdas tuvieron camadas a la vez, y había un total de treinta y un lechones. Tenían la piel moteada de blanco y negro, y como Napoleón era el único cerdo de la granja, no fue difícil ver el parentesco. Se anunció que más adelante, cuando se hubieran comprado ladrillos y madera, se construiría una escuela en el jardín de la granja. Por el momento, los jóvenes cerdos recibían las clases del propio Napoleón en la cocina de la granja. Hacían ejercicio en el jardín y los desanimó a que jugaran con otras crías. También en esa época se estableció como norma que cuando un cerdo y cualquier otro animal se cruzasen en el camino, este último debía apartarse; y también que todos los cerdos, de cualquier rango, tenían el privilegio de llevar cintas verdes en la cola los domingos.

La granja había tenido un año bastante bueno, pero aún faltaba dinero. Tenían que comprar ladrillos, arena y cal para la escuela y también tenían que empezar a ahorrar de nuevo para la maquinaria del molino de viento. Había aceite para lámparas y velas para la casa, azúcar para la mesa de Napoleón (estaba prohibido a los demás cerdos con el argumento de que engordarían) y repuestos comunes, como herramientas, clavos, cuerda, carbón, cable, pedazos de hierro y galletas de perro. Vendieron una pila de heno y parte de la cosecha de papas, y el contrato para los huevos aumentó a seiscientos a la semana, así que ese año las gallinas apenas incubaron suficientes polluelos para mantener su número. Las raciones, que se habían reducido en diciembre, habían vuelto a reducirse en febrero, y se prohibió encender los faroles de las cuadras para ahorrar aceite. Sin embargo, parecía que los cerdos vivían bien. De hecho, hasta habían ganado algo de peso. Una tarde a finales de febrero, un aroma cálido, rico y apetitoso, como nunca habían olido los animales, recorrió el patio desde la pequeña cervecería, que había quedado en desuso en la época de Jones y que se encontraba más allá de la cocina. Alguien dijo que era el aroma de la cebada cocida. Los animales olfatearon el aire vorazmente y se preguntaron si se estaba preparando salvado caliente para la cena. Pero no hubo ningún salvado caliente y el domingo siguiente se anunció que, desde ese momento, toda la cebada estaría reservada para los cerdos. El campo más allá del huerto ya había sido sembrado con cebada. Además, pronto se filtró la noticia de que cada cerdo recibía ahora una ración de una pinta de cerveza diaria, con medio galón para el propio Napoleón, que se le servía siempre en la sopera Crown Derby.

Pero si había dificultades que soportar, en parte se compensaban por el hecho de que ahora la vida era mucho más digna que antes. Había más canciones, más discursos, más desfiles. Napoleón declaró que una vez por semana debía llevarse a cabo una Manifestación Espontánea, cuyo motivo era celebrar la lucha y los triunfos de la Granja Animal. En la hora señalada, los animales tenían que dejar de trabajar y caminar alrededor del recinto de la granja en formación militar, con los cerdos en primer lugar y después los caballos, las vacas, las ovejas y las aves, respectivamente. Los perros flanqueaban la procesión y el gallo negro de Napoleón marchaba a la cabeza de todos.

Boxeador y Trébol siempre llevaban entre ellos una pancarta verde con la pezuña y el cuerno y la leyenda: «¡Viva el camarada Napoleón!». Después se recitaban poemas compuestos en honor a Napoleón y Gritón pronunciaba un discurso sobre los aumentos en la producción de alimentos. A veces disparaban la escopeta. Las ovejas eran las mayores devotas de la Manifestación Espontánea, y si alguien se quejaba (como muchos animales hacían cuando no estaban cerca los cerdos o los perros) de que estaban perdiendo el tiempo y que pasaban frío, las ovejas se aseguraban de callarlo con un gran balido de «¡Cuatro patas bueno, dos patas malo!». Pero, por lo general, los animales disfrutaban de estas celebraciones. Les parecía reconfortante recordar que, después de todo, de verdad eran sus propios dueños y que todo lo hacían en beneficio propio. Así que, con las canciones, las listas de Gritón, el sonido del disparo, el canto del gallo y el ondear de la bandera, podían olvidar que tenían vacío el estómago. Al menos durante un rato.

En abril se proclamó la república en la Granja Animal, por lo que era necesario elegir un presidente. Solo había un candidato, Napoleón, quien salió elegido por unanimidad. Ese mismo día salió a la luz que habían descubierto nuevos documentos que revelaban más detalles sobre la complicidad que Bola de Nieve tenía con Jones. Ahora resulta que Bola de Nieve no solo se había limitado, como los animales habían pensado, a intentar perder la Batalla de la Vaqueriza como estrategia, sino que había luchado abiertamente en el bando de Jones. De hecho, fue él el líder de las fuerzas humanas y el que había pronunciado las palabras «¡Viva la Humanidad!» con sus propios labios. Las heridas en la espalda de Bola de Nieve, las cuales pocos animales recordaban haber visto, eran producto de los dientes de Napoleón.

En mitad del verano, Moisés el cuervo volvió a aparecer de repente en la granja tras una ausencia de varios años. Apenas había cambiado. Seguía sin trabajar y hablaba con el mismo convencimiento de siempre sobre la Montaña de Caramelo. Se posaba en un tocón, agitaba sus alas negras y hablaba durante horas con cualquiera que quisiera escucharlo.

—Ahí arriba, camaradas —decía solemnemente, apuntando al cielo con su gran pico—, ahí arriba, justo al otro lado de esa nube que pueden ver, ahí se encuentra la Montaña de Caramelo. Ese país feliz donde los pobres animales descansan para siempre de sus tareas.

Incluso afirmaba haber estado allí en uno de sus vuelos más altos, que había visto campos infinitos de tréboles y los setos de pastel de linaza y terrones de azúcar. Muchos de los animales le creían. Si lo que tenían ahora era una vida de hambre y de trabajo, ¿acaso no era justo que existiera un mundo mejor en algún otro lugar? Resultaba difícil determinar la actitud de los cerdos hacia Moisés. Todos declaraban con desprecio que esas historias de la Montaña de Caramelo eran mentira; sin embargo, se le permitió quedarse en la granja, sin trabajar, con una ración diaria de media pinta de cerveza.

Después de que se le curara el casco, Boxeador trabajó más duro que nunca. De hecho, todos los animales trabajaron como esclavos ese año. Aparte del trabajo habitual de la granja y la reconstrucción del molino de viento, estaba la escuela para los cerdos jóvenes, que empezaron a construir en marzo. A veces costaba soportar las largas horas de trabajo con comida insuficiente, pero Boxeador nunca dudaba. Nada de lo que decía o hacía parecía mostrar que hubiera perdido fuerzas. Solo su aspecto había cambiado un poco; le brillaba menos la piel y parecía que se le habían encogido los cuartos traseros. «Boxeador se repondrá en cuanto salga la hierba de primavera», decían los demás animales, pero cuando llegó la primavera, Boxeador no engordó. A veces, en la ladera que llevaba al extremo superior de la cantera, cuando forzaba los músculos para arrastrar alguna piedra enorme, parecía que solo lo mantenía en pie la voluntad de continuar. En esos momentos, sus labios parecían formar las palabras «Trabajaré más duro», pero no le quedaba aliento. Trébol y Benjamín le pidieron de nuevo que se cuidara un poco, pero Boxeador no les hizo caso. Se acercaba su duodécimo cumpleaños. No le importaba lo que pudiera pasar si lograba acumular una buena reserva de piedras antes de jubilarse.

Un día de verano, ya bien entrada la noche, el rumor repentino de que algo le había pasado a Boxeador recorrió la granja. Había salido solo a arrastrar una carga de piedra hasta el molino. Y, efectivamente, el rumor era cierto. Unos minutos más tarde llegaron dos palomas con la noticia:

—¡Boxeador se ha desplomado! ¡Está tendido en el suelo y no puede levantarse!

Alrededor de la mitad de los animales de la granja fueron corriendo al montículo donde estaba el molino de viento. Allí yacía Boxeador, entre las varas del carro, con el cuello estirado, incapaz incluso de levantar la cabeza. Tenía los ojos vidriosos y los costados cubiertos de sudor. Un pequeño hilo de sangre le brotaba de la boca. Trébol se arrodilló a su lado.

—¡Boxeador! —dijo llorando—. ¿Cómo estás?

—Es el pulmón —respondió con voz débil—. No importa. Creo que podrán terminar el molino de viento sin mí. Tenemos acumulado un buen montón de piedras. De todos modos, solo me quedaba un mes más. A decir verdad, ya tenía ganas de jubilarme. Y como Benjamín también se hace mayor, tal vez lo dejen jubilarse a la vez y acompañarme.

—Debemos conseguir ayuda —dijo Trébol—. Que alguien corra y le diga a Gritón lo que ha pasado.

Los demás animales volvieron inmediatamente a la casa para darle a Gritón la noticia. Solo se quedaron Trébol y Benjamín, quien se acostó al lado de Boxeador y, sin hablar, le apartaba las moscas con su larga cola. A los quince minutos apareció Gritón, lleno de compasión y preocupación. Dijo que el camarada Napoleón había recibido con profundo dolor la mala noticia acerca de uno de sus trabajadores más leales en la granja, y que ya se estaba preparando todo para enviar a Boxeador al hospital de Willingdon. Los animales se sintieron un poco preocupados por aquello. Exceptuando a Mollie y a Bola de Nieve, ningún otro animal había abandonado la granja, y no les gustaba pensar que su camarada enfermo iba a estar en manos humanas. Sin embargo, Gritón rápidamente los convenció de que el veterinario de Willingdon podía ocuparse de Boxeador mejor que cualquiera en la granja. Una media hora después, cuando Boxeador se había recuperado ligeramente, consiguió levantarse con dificultad y llegar cojeando al establo, donde Trébol y Benjamín le habían preparado un lecho de paja.

Boxeador se quedó en su establo durante dos días. Los cerdos le habían enviado un bote grande de medicina de color rosa que habían encontrado en el armario del baño y Trébol se la administraba dos veces al día tras las comidas. Por las tardes se acostaba en su establo y hablaba con él mientras Benjamín le espantaba las moscas. Boxeador aseguró que no se arrepentía de lo que había pasado. Si se recuperaba bien esperaba vivir otros tres años y pensaba con ansias en la paz que tendría pasando los días en la esquina del gran pastizal. Sería la primera vez que tendría tiempo libre para estudiar y hacer trabajar la mente. Tenía la intención, como dijo, de dedicar el resto de su vida a aprender las veintidós letras restantes del alfabeto.

Por otro lado, Benjamín y Trébol solo podían estar con Boxeador tras las horas de trabajo y fue a mediodía cuando vino la camioneta para llevárselo. Todos los animales estaban recolectando nabos bajo la supervisión de un cerdo cuando Benjamín los sorprendió galopando desde la granja y rebuznando a todo pulmón. Fue la primera vez que habían visto a Benjamín tan emocionado. De hecho, era la primera vez que lo veían galopar.

—¡Rápido, rápido! —gritó—. ¡Vengan todos! ¡Se están llevando a Boxeador!

Sin esperar órdenes del cerdo, los animales dejaron de trabajar y corrieron hacia la granja. Allí, en el patio, había una carreta cubierta jalada por dos caballos, con letras en el costado y un hombre de aspecto asqueroso con un bombín sentado en el asiento del conductor. El establo de Boxeador estaba vacío.

Los animales rodearon la carreta.

—¡Adiós, Boxeador! ¡Adiós!

—¡Idiotas! ¡Idiotas! —gritó Benjamín mientras brincaba a su alrededor y golpeaba la tierra con sus pequeños cascos—. ¡Idiotas! ¿No ven lo que dice en los laterales de la carreta?

Los animales se detuvieron y se hizo el silencio. Muriel comenzó a deletrear las palabras, pero Benjamín la apartó y, en medio de un silencio sepulcral, leyó:

—«Alfred Simmonds, matadero de caballos y fabricante de pegamentos. Comerciante de cuero y huesos. Suministro de perreras». ¿No entienden lo que significa? ¡Van a sacrificar a Boxeador!

Un grito de horror salió de los animales. En ese momento el hombre arreó a los caballos y la carreta comenzó a moverse con un elegante trote. Todos los animales la siguieron gritando a viva voz. Trébol se puso al frente. La carreta comenzó a adquirir velocidad. Trébol trató de mover rápidamente sus fornidas patas para ponerse a galopar, pero solo lo consiguió a medias.

—¡Boxeador! ¡Boxeador! —gritaba una y otra vez.

Y justo en ese momento, como si hubiera oído todo el alboroto de fuera, la cara de Boxeador, con su característica raya blanca, apareció por la pequeña ventana de la parte trasera de la carreta.

—¡Boxeador! —gritó Trébol con una voz horrible—. ¡Boxeador, sal de ahí! ¡Sal rápido! ¡Te están llevando al matadero!

Todos los animales se sumaron al grito de «¡Sal, Boxeador, sal de ahí!», pero la carreta ya había conseguido suficiente velocidad y se alejaba de ellos. No estaba claro si Boxeador había entendido lo que Trébol había dicho, pero unos momentos después su cara había desaparecido de la ventana y se oyó un sonido de cascos retumbando dentro de la carreta. Estaba intentando salir. Hubo un tiempo en el que unas cuantas patadas de los cascos de Boxeador habrían bastado para destrozar la carreta hasta convertirla en astillas. Pero, ¡ay! su fuerza lo había abandonado y, al poco tiempo, el sonido de sus cascos dejó de oírse. Llenos de desesperación, los animales empezaron a pedir a los dos caballos que jalaban la carreta que se detuvieran: «¡Camaradas, camaradas! —gritaban—. ¡No lleven a su propio hermano a la muerte!». Pero los estúpidos brutos, demasiado ignorantes como para darse cuenta de lo que ocurría, se limitaron a echar las orejas hacia atrás y acelerar el paso. La cara de Boxeador no volvió a aparecer por la ventana. Fue demasiado tarde cuando a alguien se le ocurrió adelantarse y cerrar la verja de cinco barrotes, pero la carreta la cruzó un momento antes para desaparecer luego en la carretera. Nunca volvieron a ver a Boxeador.

Tres días más tarde se anunció que había fallecido en el hospital de Willingdon, a pesar de haber recibido toda la atención que podía recibir un caballo. Gritón les dio la noticia. Dijo que había estado presente en las últimas horas de Boxeador.

—¡Ha sido la escena más dolorosa que he visto jamás! —afirmó Gritón mientras se secaba una lágrima con la pezuña—. Estuve al lado de su cama hasta el último momento. Al final, muy débil incluso para hablar, me susurró que su única pena era fallecer antes de que el molino de viento estuviese terminado: «¡Adelante, camaradas! ¡Sigan adelante en nombre de la rebelión! ¡Viva la Granja Animal! ¡Viva el camarada Napoleón! Él siempre tiene razón». Esas fueron sus últimas palabras, camaradas.

Después de aquello, el comportamiento de Gritón cambió de repente. Guardó silencio durante un instante y sus ojillos lanzaron miradas suspicaces de un lado a otro antes de volver a hablar.

Dijo que había llegado a sus oídos un tonto y perverso rumor que había estado circulando cuando se llevaron a Boxeador. Algunos de los animales se habían dado cuenta de que en la carreta que se lo había llevado decía «Matadero de caballos» y que habían asumido rápidamente que iban a sacrificar a Boxeador. Era casi imposible de creer, dijo Gritón, que cualquier animal pudiera ser tan estúpido. Seguramente, gritó indignado mientras movía la cola y saltaba de un lado a otro, seguramente saben mucho más que su amado líder, el camarada Napoleón. Pero la explicación era muy sencilla: la carreta había sido propiedad del matadero, el cual había sido comprado por el veterinario, pero este aún no había cambiado el antiguo nombre. Así fue cómo surgió el error.

Los animales se sintieron enormemente aliviados al oír aquello. Sus últimas dudas desaparecieron cuando Gritón les dio más detalles sobre el lecho de muerte de Boxeador, el admirable trato que había recibido y las caras medicinas que Napoleón había pagado sin pensarlo dos veces a pesar del costo. La pena que sentían por la muerte de su camarada se redujo al saber que al menos había muerto feliz.

El mismo Napoleón apareció en la reunión de la mañana del siguiente domingo y pronunció una breve oración en honor de Boxeador. Dijo que no había sido posible traer los restos de su camarada para enterrarlos en la granja, pero había ordenado que se hiciera una gran corona de laurel en el jardín y que se enviara para colocarla en la tumba de Boxeador. Además, dentro de unos días los cerdos tenían la intención de celebrar un banquete conmemorativo en su honor. Napoleón terminó su discurso recordando las dos máximas favoritas de Boxeador: «Trabajaré más duro» y «El camarada Napoleón siempre tiene razón». Máximas, dijo, que todo animal haría bien en adoptar como propias.

El día previsto para el banquete llegó a la granja una carreta de Willingdon con una caja grande de madera. Aquella noche se oyó el sonido de un canto estruendoso, al que siguió lo que parecía una violenta pelea y que terminó alrededor de las once con un sonido de cristales rotos. Al día siguiente, nadie se movió en la granja antes del mediodía, y se corrió la voz de que, de alguna forma, los cerdos habían conseguido dinero para comprarse otra caja de whisky.

CAPÍTULO 10

Pasaron los años. Las estaciones vinieron y se fueron, y las cortas vidas de los animales se fueron con ellas. Llegó un momento en el que nadie recordaba los viejos días de antes de la rebelión, excepto Trébol, Benjamín, Moisés el cuervo y algunos cerdos.

Muriel había muerto. Campanilla, Jessie y Mordisco habían muerto. Jones también había muerto en un asilo para borrachos al otro lado del país. Nadie se acordaba de Bola de Nieve. Tampoco de Boxeador, excepto aquellos que lo conocieron. Trébol ahora era una robusta y vieja yegua con las articulaciones agarrotadas y los ojos llorosos. Tenía dos años más de su edad de jubilación, pero ningún animal se había jubilado. Hacía mucho que habían abandonado la conversación sobre la esquina del pastizal para animales jubilados. Napoleón ahora era un cerdo maduro de ciento cincuenta kilos. Gritón estaba tan gordo que casi no podía abrir los ojos. Solo el viejo Benjamín estaba como siempre, solo que con el hocico un poco más gris y, desde la muerte de Boxeador, más huraño y taciturno que nunca.

Había más criaturas en la granja, a pesar de que el aumento no hubiese sido tan bueno como se había esperado en los años anteriores. Habían nacido muchos animales para los que la rebelión tan solo era una tradición lejana, transmitida de boca en boca, y se habían comprado otros que nunca habían oído hablar de algo así antes de su llegada. La granja tenía ahora tres caballos además de Trébol. Eran buenas bestias, buenos trabajadores y camaradas, pero muy estúpidos. Ninguno de ellos demostró ser capaz de aprenderse el alfabeto más allá de la letra «b». Aceptaron todo lo que les habían dicho sobre la rebelión y los principios del Animalismo, sobre todo si se lo decía Trébol, a quien le tenían un cariño casi filial, pero era dudoso que comprendiesen mucho de todo aquello.

La granja era más próspera ahora y estaba mejor organizada: la habían ampliado con dos campos que le habían comprado al señor Pilkington. Por fin habían terminado de construir el molino de viento, y la granja poseía una trilladora y un elevador de heno propios, y se le habían añadido varios edificios nuevos. Whymper se había comprado un carruaje abierto. Sin embargo, aún no habían utilizado el molino de viento para generar energía eléctrica. Lo utilizaban para moler grano y les había aportado un buen beneficio económico. Los animales trabajaban duro construyendo otro molino de viento. Cuando estuviera terminado, se decía, en él se instalarían los dinamos. Pero ya no se hablaba acerca de los lujos que Bola de Nieve les había enseñado a soñar: los establos con luz eléctrica, el agua caliente y las semanas laborales de tres días. Napoleón declaró que esas ideas eran contrarias al espíritu del Animalismo. La verdadera felicidad, declaró, se encontraba en el trabajo duro y en vivir frugalmente.

De algún modo, parecía que la granja era más rica sin que los animales lo fueran, exceptuando, por supuesto, a los cerdos y a los perros. Tal vez esto se debía en parte a que había muchos cerdos y muchos perros. No era que esas criaturas no trabajasen, en cierto modo. Como Gritón nunca se cansaba de explicar, había un trabajo infinito en la supervisión y la organización de la granja. Los demás animales eran demasiado ignorantes como para entender este tipo de trabajo. Por ejemplo, Gritón les dijo que los cerdos tenían que pasar jornadas enteras lidiando con cosas llamadas «archivos», «informes», «minutas» y «memorándums». Se trataba de grandes hojas de papel que debían estar atentamente cubiertas de escritura, y tan pronto como se habían cubierto, se quemaban en el horno. Esto era de suma importancia para el bienestar de la granja, decía Gritón. Pero, aun así, ni los cerdos ni los perros producían comida con su trabajo; y había muchos de ellos y siempre tenían buen apetito.

Para los demás, sus vidas, hasta donde ellos sabían, seguían igual que siempre. Normalmente pasaban hambre, dormían sobre la paja, bebían del abrevadero, trabajaban en los campos; en invierno les afectaba el frío y en verano los molestaban las moscas. A veces, los más veteranos buscaban en sus tenues recuerdos y trataban de determinar si en los primeros días de la rebelión, cuando la expulsión de Jones era aún reciente, las cosas habían sido mejores o peores que en ese momento. No eran capaces de recordarlo. No había nada que pudieran comparar con sus vidas actuales: no tenían nada a qué aferrarse, excepto las listas de Gritón, que demostraban siempre que todo iba a mejor. Los animales encontraron el problema insoluble; en cualquier caso, ahora tenían poco tiempo para especular sobre esas cosas. Solo el viejo Benjamín decía recordar todos los detalles de su larga vida y saber que las cosas nunca habían sido, ni podían ser, ni mucho mejor ni mucho peor: el hambre, las penurias y las decepciones eran, según él, la ley inalterable de la vida.

Aun así, los animales nunca perdieron la esperanza. De hecho, nunca perdieron, ni por un instante, el sentido del honor y del privilegio por ser miembros de la Granja Animal. Seguía siendo la única granja de todo el país, ¡en toda Inglaterra!, poseída y gobernada por animales. Ninguno de ellos, ni siquiera los más jóvenes, ni siquiera los recién llegados que habían sido traídos de granjas situadas a quince o treinta kilómetros de distancia, dejaba de maravillarse por ello. Y cuando oían el estruendo de la escopeta y veían ondear la bandera verde en el mástil, sus corazones se llenaban de un orgullo imperecedero, y la conversación giraba siempre en torno a los viejos días heroicos, la expulsión de Jones, la escritura de los Siete Mandamientos y las grandes batallas en las que se había derrotado a los invasores humanos. No habían abandonado ninguno de los viejos sueños. Todavía se creía en la República de los Animales que Mayor había predicho, cuando los verdes campos de Inglaterra no fueran hollados por el hombre. Llegaría algún día. Tal vez no fuera pronto, tal vez no fuera en vida de ningún animal que vivía en ese momento, pero aun así llegaría. Quizá incluso la melodía de *Bestias de Inglaterra* se tarareaba en secreto aquí y allá: en cualquier caso, era un hecho que todos los animales de la granja la conocían, aunque ninguno se hubiera atrevido a cantarla en voz alta. Puede que sus vidas fuesen difíciles y que no todas sus esperanzas se cumplieran, pero eran conscientes de que no eran como otros animales. Si pasaban hambre no era por culpa de seres humanos tiranos; si trabajaban duro al menos era para sí mismos. Ninguna criatura entre ellos caminaba en dos patas. Ninguna criatura llamaba a otra «señor». Todos los animales eran iguales.

Un día, a principios de verano, Gritón ordenó a las ovejas que lo siguieran y las condujo a un terreno baldío en el otro extremo de la granja, que se había llenado de abedules. Las ovejas pasaron todo el día allí pastando bajo la supervisión de Gritón. Por la tarde él volvió a la granja, pero, como hacía buen tiempo, les dijo a las ovejas que se quedasen donde estaban. Se quedaron allí una semana entera durante la que los demás animales no supieron nada de ellas. Gritón siempre pasaba una gran parte del día con ellas. Decía que les estaba enseñando a cantar una nueva canción para la que se necesitaba privacidad.

Fue justo después de que volvieran las ovejas, en una plácida tarde cuando los animales habían terminado de trabajar y estaban volviendo a los edificios de la granja, cuando resonó el relincho aterrado de un caballo desde el patio. Sorprendidos, los animales se detuvieron de repente. Era la voz de Trébol. Volvió a relinchar y los animales se dirigieron al galope hasta el patio. Allí vieron lo mismo que Trébol.

Era un cerdo caminando sobre sus patas traseras.

Sí, era Gritón. Estaba paseando por el patio con un poco de torpeza, como si no estuviera acostumbrado a soportar su considerable volumen en esa posición, pero con un equilibrio perfecto. Un momento después, salió de la puerta de la granja una larga fila de cerdos caminando sobre sus patas traseras. Algunos lo hacían mejor que otros, uno o dos se mostraban un poco inseguros y parecía que habrían preferido disponer de la ayuda de un bastón, pero todos dieron la vuelta al patio con éxito. Y finalmente se oyó un tremendo aullido de los perros y un estridente cacareo del gallo negro, y salió el propio Napoleón, majestuosamente erguido, lanzando altivas miradas de un lado a otro, con sus perros retozando a su alrededor.

Llevaba un látigo en una pezuña.

Todo quedó envuelto en un silencio sepulcral. Sorprendidos, aterrados, apiñados, los animales observaron la larga fila de cerdos marchar por el patio. Parecía que el mundo se había puesto al revés. Entonces llegó un momento en que el primer asombro se había disipado y en el que, a pesar de todo, a pesar de su terror a los perros, y de la costumbre desarrollada durante largos años de no quejarse nunca, de no criticar nunca pasara lo que pasara, podrían haber pronunciado alguna palabra de protesta. Pero justo en ese momento, como respuesta a una señal, todas las ovejas comenzaron a balar escandalosamente:

—¡Cuatro patas, bien; dos patas, mejor! ¡Cuatro patas, bien; dos patas, mejor! ¡Cuatro patas, bien; dos patas, mejor!

Estuvieron balando durante cinco minutos sin parar. Para el momento en el que las ovejas se habían callado, ya se había perdido cualquier oportunidad de protestar, pues los cerdos habían vuelto a casa.

Benjamín sintió un hocico que le tocaba el hombro. Volteó para mirar. Era Trébol. Sus viejos ojos parecían más apagados que nunca. Sin decir nada, lo jaló suavemente de la crin y lo condujo hasta el final del granero, donde estaban escritos los Siete Mandamientos. Durante uno o dos minutos, se quedaron mirando la pared con las letras blancas pintadas.

—Me está fallando la vista —dijo Trébol—. Ni siquiera cuando era joven podía leer lo que estaba escrito aquí, pero me parece que la pared está diferente. ¿Los Siete Mandamientos siguen siendo los mismos, Benjamín?

Por primera vez, Benjamín se permitió romper su regla y leyó en alto lo que estaba escrito en la pared. No había nada, excepto un único mandamiento que decía:

TODOS LOS ANIMALES SON IGUALES
PERO ALGUNOS ANIMALES SON MÁS IGUALES QUE OTROS

Después de aquello, al día siguiente a nadie le extrañó que los cerdos dedicados a supervisar el trabajo en la granja llevasen látigos. No fue de extrañar que los cerdos se compraran un aparato de radio, que estuvieran preparando la instalación de un teléfono y que se hubieran suscrito a revistas como *John Bull* o *Tit-Bits* y al periódico *Daily Mirror*. No pareció extraño que Napoleón se pasease por el jardín de la granja con una pipa en la boca. No, ni siquiera cuando los cerdos sacaron la ropa de Jones del armario y se la pusieron, o cuando el mismo Napoleón apareció con un abrigo negro, pantalones de caza y polainas de cuero, mientras que su cerda favorita lucía el vestido de seda vaporosa que la señora Jones acostumbraba a llevar los domingos.

Una semana después, por la tarde, varios carruajes llegaron a la granja. Habían invitado a una delegación de agricultores vecinos para que realizaran una visita de inspección. Les enseñaron toda la granja y mostraron una gran admiración por lo que vieron, sobre todo por el molino de viento. Los animales estaban quitando las malas hierbas del campo de nabos. Trabajaban diligentemente, sin apenas levantar la vista del suelo, sin saber a quién tener más miedo, si a los cerdos o a los humanos.

Aquella noche se oyeron risas y cánticos procedentes de la casa. Y de pronto, al oír un revuelo de voces, los animales sintieron curiosidad. ¿Qué podría estar ocurriendo allí dentro, ahora que por primera vez los animales y los seres humanos se encontraban en términos de igualdad? Comenzaron a acercarse lo más silenciosamente posible hacia el jardín de la granja de común acuerdo.

Se detuvieron al llegar a la puerta, con miedo a seguir adelante, pero Trébol encabezó la marcha. Caminaron de puntitas hasta la casa y los animales que eran lo suficientemente altos se asomaron a la ventana del comedor. Allí, alrededor de la larga mesa, se sentaban media docena de granjeros y otra media docena de los cerdos más importantes, con Napoleón presidiendo la mesa. Los cerdos parecían completamente relajados en sus sillas. Los presentes habían estado disfrutando de una partida de cartas, pero la habían interrumpido un momento, evidentemente para hacer un brindis. Se pasaban unos a otros una gran jarra y rellenaban los vasos con cerveza. Nadie se fijó en las caras de asombro de los animales que miraban por la ventana.

El señor Pilkington, de Foxwood, se había puesto de pie con el vaso en la mano. Dentro de un momento, dijo, les propondría a los presentes un brindis. Pero antes de hacerlo, había algo que pensaba que le correspondía decir.

Lo llenaba de satisfacción y, estaba seguro de que a los demás presentes también, dijo, notar que se había acabado un largo periodo de desconfianza y malentendidos. No era que él, ni ninguno de los presentes, compartiera tales sentimientos, pero hubo un tiempo en que a los respetados propietarios de la Granja Animal se les había mirado, no diría que con hostilidad, pero sí con cierto recelo, por parte de sus vecinos humanos. Se habían producido incidentes desafortunados, había sido habitual tener ideas equivocadas. Se consideró que la existencia de una granja donde los cerdos eran los propietarios y los encargados debía ser algo anormal y podía tener un efecto perturbador en el vecindario. Demasiados agricultores habían asumido, sin la debida investigación, que en una granja de ese tipo prevalecería un espíritu de libertinaje e indisciplina. Se habían puesto nerviosos por los efectos sobre sus propios animales, o incluso sobre sus empleados humanos, pero todas esas dudas se habían disipado. Él y sus amigos habían visitado la Granja Animal e inspeccionado cada centímetro con sus propios ojos, y ¿qué se habían encontrado? No solo los métodos más modernos, sino una disciplina y un orden que deberían ser un ejemplo para todos los agricultores del mundo. Creía estar en lo cierto al decir que los animales inferiores de la Granja Animal hacían más trabajo y recibían menos comida que cualquier animal del condado. De hecho, él y sus compañeros observaron muchas características que pretendían introducir en sus propias granjas de inmediato.

Terminó su intervención destacando una vez más los sentimientos amistosos que existían, y que deberían existir, entre la Granja Animal y sus vecinos. Entre cerdos y humanos no había, y no debería haber, ningún choque de intereses en absoluto. Sus luchas y sus dificultades eran las mismas. ¿No eran los problemas laborales los mismos en todas partes? En ese preciso momento, se hizo evidente que el señor Pilkington estaba a punto de soltar a sus acompañantes alguna ocurrencia cuidadosamente preparada, pero por un momento se vio demasiado superado por la risa como para poder pronunciarla. Después de muchos atragantamientos, durante los cuales sus varias barbillas se pusieron moradas, logró soltarlo:

—Si ustedes tienen sus animales inferiores con los que lidiar, ¡nosotros tenemos nuestras clases bajas!

Aquel comentario ingenioso desató las risas de los presentes y el señor Pilkington volvió a felicitar a los cerdos por las bajas raciones, las largas jornadas de trabajo y la ausencia general de consideración que había observado en la Granja Animal.

Finalmente, les pidió a sus acompañantes que se pusieran de pie y se asegurasen de que tenían los vasos llenos.

—Caballeros —concluyó el señor Pilkington—, caballeros, les propongo un brindis: ¡Por la prosperidad de la Granja Animal!

Todos lanzaron vítores entusiastas y patearon en el suelo. Napoleón se sintió tan halagado que se levantó y rodeó la mesa para brindar vaso con vaso con el señor Pilkington antes de vaciarlo de un trago. Cuando los vítores se apagaron, Napoleón, que había permanecido de pie, dio a entender que él también tenía unas palabras que decir.

Como todos los discursos de Napoleón, fue breve y conciso. Dijo que él también se sentía feliz de que aquel periodo de malentendidos se hubiera terminado. Durante un tiempo hubo una serie de rumores difundidos, y tenía razones para pensarlo así, por un maligno enemigo, de que había algo subversivo e incluso revolucionario en su actitud y en la de sus colegas. Se les había atribuido el intento de provocar una rebelión entre los animales de las granjas vecinas. ¡Nada más lejos de la realidad! Su único deseo tanto en ese momento como en el pasado era vivir en paz y mantener unas relaciones económicas normales con sus vecinos. Esa granja que tenía el honor de dirigir, añadió, era una empresa cooperativa. Los títulos de propiedad, que estaban en su poder, incluían a todos los cerdos.

No creía que siguieran existiendo las antiguas sospechas, pero recientemente se habían introducido ciertos cambios en la rutina de la granja que deberían tener el efecto de fomentar aún más la confianza. Hasta ese momento, los animales de la granja habían mantenido la estúpida costumbre de dirigirse los unos a los otros llamándose «camarada». Esto iba a ser eliminado. También había una costumbre muy extraña, cuyo origen se desconocía, de marchar todos los domingos por la mañana junto a un cráneo de cerdo que estaba clavado en un poste del jardín. Esto también sería eliminado, y el cráneo ya había sido enterrado. Sus visitantes tal vez habrían observado la bandera verde que ondeaba en el mástil. De ser así, tal vez habrían observado también que la pezuña y el cuerno blancos que aparecían anteriormente en ella se habían eliminado. A partir de ese momento sería una bandera verde lisa.

Solo tenía una crítica, dijo, que hacer al excelente y amistoso discurso del señor Pilkington. Él se había referido en todo momento a «Granja Animal». Por supuesto, no podía saberlo, pues él, Napoleón, lo anunciaba por primera vez en ese momento, que el nombre de «Granja Animal» se había abolido. A partir de ese instante, la granja se conocería como «Granja Manor», que, según él, era su nombre correcto y original.

—Caballeros —concluyó Napoleón—, les propongo el mismo brindis que antes, pero en una forma diferente. Llenen sus vasos hasta el borde. Caballeros, aquí mi brindis: ¡Por la prosperidad de la granja Manor!

Se lanzaron los mismos vítores entusiastas que antes y los vasos se volvieron a vaciar de un trago. Pero mientras los animales que estaban fuera contemplaban la escena, les pareció que estaba ocurriendo algo extraño. ¿Qué era lo que había cambiado en las caras de los cerdos? Los viejos y apagados ojos de Trébol revolotearon de una cara a otra. Algunos tenían cinco papadas, otros cuatro y otros tres. Pero ¿qué era lo que parecía fundirse y cambiar? Luego, al terminar los aplausos, el grupo volvió a tomar las cartas y continuó la partida que se había interrumpido, y los animales se alejaron silenciosamente.

No habían avanzado ni veinte metros cuando se detuvieron en seco. Un alboroto de voces provenía de la casa. Se apresuraron a volver a mirar por la ventana. Sí, había comenzado una feroz discusión. Se oían gritos, golpes en la mesa, miradas furtivas de desconfianza, negaciones enardecidas. El origen del problema parecía ser que Napoleón y el señor Pilkington habían jugado cada uno un as de picas al mismo tiempo.

Doce voces gritaban furiosas y todas eran iguales. Ya no había dudas sobre lo que les había pasado a las caras de los cerdos. Los ojos de las criaturas bailaban entre cerdos y hombres y hombres y cerdos. Sin embargo, para entonces ya era imposible distinguirlos.